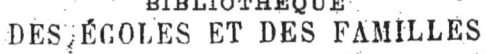

BIBLIOTHÈQUE
DES ÉCOLES ET DES FAMILLES

Mme DEMOULIN

LA PLUIE

ET LE BEAU TEMPS

PARIS
LIBRAIRIE HACHETTE ET Cie
79, BOULEVARD SAINT-GERMAIN, 79

LA PLUIE

ET

LE BEAU TEMPS

PARIS. — IMPRIMERIE ÉMILE MARTINET, RUE MIGNON, 2

BIBLIOTHÈQUE

DES ÉCOLES ET DES FAMILLES

LA PLUIE

ET

LE BEAU TEMPS

PAR

Mme GUSTAVE DEMOULIN

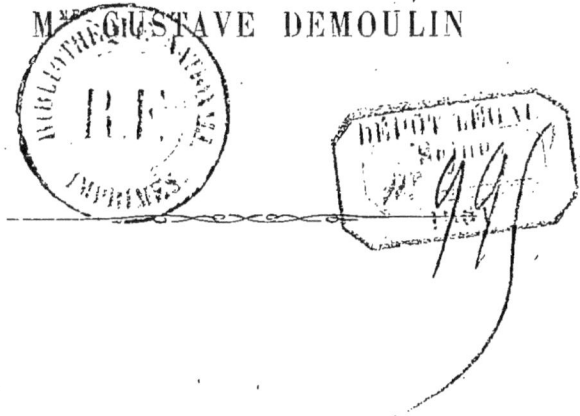

PARIS

LIBRAIRIE HACHETTE et Cie

79, BOULEVARD SAINT-GERMAIN, 79

1881

LES JOURS DE BEAU TEMPS

CHAPITRE PREMIER

LA FAMILLE REYNAUD-DAVESNE

M. et madame Reynaud-Davesne habitent une maison de campagne aux environs de Paris. Ils y vivent seuls le long de l'année ; mais, grâce à l'aménité de leurs caractères et à la conformité de leurs goûts, ils se sont fait une douce solitude où ne pénètre jamais l'ennui. Si parfois, dans le calme de leur monotone existence, ils regrettent de n'avoir point d'enfants, ils s'en consolent en pensant qu'au temps des vacances leurs neveux et leurs nièces viendront animer leur demeure et satisfaire à leur besoin d'affection.

M. Reynaud est un homme de loisir que le travail attrayant a toujours accaparé. Il a fait autrefois non de brillantes, mais de solides études, et son originalité naturelle est tempérée par une forte dose de bon sens.

Madame Reynaud, née Davesne, qui n'est distraite dans cette solitude à deux par aucun devoir impérieux, partage les goûts et les études de son mari. Ce n'est pas une femme savante, c'est une femme instruite.

Ces braves rentiers n'ont rien de mieux à faire pour passer leur temps que de rêver et de penser.

Ils n'ont fait aucune recherche scientifique; ils n'ont rien découvert; mais ils ont des yeux pour voir, des oreilles pour entendre; ils sont curieux et ils veulent connaître. Ils assistent au spectacle de la nature comme à une représentation théâtrale, prenant intérêt à tout, cherchant à comprendre tout et à tout expliquer.

Ni l'un ni l'autre ne se croient d'aptitude pour l'enseignement; ce qui ne les empêche pas d'avoir une grande part et une grande influence dans l'éducation de leurs neveux et de leurs nièces, sur qui ils ont reporté l'affection qu'ils auraient vouée à leurs propres enfants.

M. Reynaud, loin de condamner les méthodes employées dans l'enseignement public, en approuve jusqu'à la rigueur; mais il prétend qu'il y faut une préparation et que l'on doit apprendre tout, même les sciences, comme on apprend sa langue.

On n'enseigne, dit-il, la grammaire à l'enfant que quand il sait parler. Pourquoi donc chercher à expliquer les phénomènes avant qu'ils soient connus? C'est bien le moins qu'on soit familiarisé avec les faits scientifiques avant d'en rechercher les causes et d'en établir les lois!

Aussi M. et madame Reynaud consacrent-ils les deux mois de vacances que leurs neveux et leurs nièces passent près d'eux à appeler leur attention sur les phénomènes qui, précisément parce qu'ils sont vulgaires et habituels, ne frappent que médiocrement les enfants. En un mot ils les préparent, sans leçons, aux études sérieuses qui les attendent.

Les deux époux sont également bien partagés : ils ont chacun un neveu et une nièce qui les aiment et les respectent.

Louis Reynaud, âgé de quatorze ans, est curieux, difficile à persuader; il discute toujours, il ergote parfois; il n'admet les vérités que lorsqu'on l'a convaincu.

Sa sœur Jeanne, plus jeune que lui d'un an, accepte aussi à grand peine l'autorité de l'expérience, et ce n'est ni par amour-propre ni par incrédulité d'esprit. Non. C'est une nature modeste et sincère, toujours en garde contre ce qu'elle appelle son infériorité; elle médit de son intelligence, elle ne répugne même pas à la calomnier, et n'est jamais sûre de comprendre.

On pourrait croire que cette excellente enfant se fait un malin plaisir de n'ouvrir qu'à la violence les deux oreilles de son entendement.

Valentin Davesne, à peu près du même âge que Louis Reynaud, est un garçon fort attentif et très éducable. Il s'approprie facilement les vérités qui lui sont révélées avec autorité.

Madeleine Davesne, la doyenne d'âge de ce jeune monde, est dans sa seizième année. C'est une fort jolie fille qui, bien qu'intelligente, prend assez peu d'intérêt aux choses scientifiques et se tournerait plus volontiers du côté de l'art. Elle se laisse doucement aller au courant de la vie, sans se soucier du flot qui l'entraîne ou du vent qui la pousse.

Pourquoi tant s'agiter? dit-elle avec indolence. N'est-on pas toujours sûr d'arriver?

Sans être trop mondaine, elle prend le temps comme il vient et les usages comme ils sont.

CHAPITRE II

LE SOLEIL

Au mois d'août les enfants Reynaud et les enfants Davesne furent amenés chez leur oncle.

La maison de campagne ne fut plus une muette solitude. Les échos du jardin et du petit bois s'éveillèrent et répondirent au concert de cris, de chants, de rires et de caquetage dans lequel les oiseaux réussissaient encore à faire leur partie.

Le lendemain de l'arrivée, après de longs ébats au grand air et en plein soleil, après une pêche fructueuse dans la pièce d'eau, où il y avait presque plus de poissons que d'eau, ce petit monde, accablé par la lassitude et la chaleur, se réfugia près de M. et madame Reynaud, qui se tenaient, suivant leur habitude, à cette heure incommode des chaudes journées, dans la salle de verdure, où se projetait une ombre épaisse pailletée de petits cercles lumineux.

Tous s'abandonnaient au bien-être que procure le beau temps. Les enfants se réjouissaient surtout d'en jouir en liberté.

Ils avaient quitté les classes comme on s'échappe d'une prison. Ils s'appartenaient ; ils pensaient ce qu'ils voulaient ; ils disaient ce qu'ils pensaient ; ils pouvaient dire des folies et faire des sottises : rien de plus charmant !

C'étaient des exclamations de joie, de bons rires communicatifs, un chœur de bénédictions sur les airs les plus variés pour célébrer la délivrance et le beau temps que le bon Dieu envoyait aux écoliers en vacances !

LA SALLE DE VERDURE. IMAGES DU SOLEIL A TRAVERS LES OUVERTURES DU FEUILLAGE.

LOUIS

Quelle bonne chance ! Tous les bonheurs à la fois. Plus de vers latins et un temps magnifique !

JEANNE

C'est toujours ainsi. Un bonheur ne vient jamais seul. La belle saison est venue juste se placer au moment des vacances.

LOUIS

De même que les grands fleuves sont venus passer tout exprès par les grandes villes!

MADELEINE

Cette Jeanne veut toujours tout expliquer et tout justifier. Cela m'est bien égal, à moi, que ce soient les vacances qui aient eu l'esprit de choisir le bon temps ou le bon temps qui ait eu la complaisance de favoriser nos jours de congé. J'en suis contente et j'en profite. Voilà tout.

VALENTIN, s'essuyant le front.

C'est égal! Il fait tout de même trop chaud en été.

LOUIS

Pourquoi ne dis-tu pas tout de suite, comme ce petit vaurien de la caricature qui grelotte en faisant des boules de neige : « Cré coquin! C'est-y dommage que l'été ne soit pas en hiver! »

JEANNE

Moi, je trouve ce petit garçon spirituel et je suis disposée à me plaindre que le Soleil ne vienne pas la nuit; on en jouirait mieux.

LOUIS

Allons, bon! Voilà encore Jeanne qui fait semblant d'être bête.

JEANNE, riant.

Mais je ne fais pas du tout semblant. Si la Lune donnait plus de chaleur et si le Soleil en donnait moins, les choses n'en iraient que mieux.

LOUIS, déclamant d'un ton comique.

C'est dommage, Garo, que tu n'es point entré
Au conseil de celui que prêche ton curé;
Tout en eût été mieux.

JEANNE

Enfin, pourquoi le Soleil, qui n'est guère plus gros que la Lune, nous envoie-t-il une plus grande somme de chaleur?

VALENTIN

Par une bonne raison : c'est que le Soleil nous prodigue la chaleur qu'il possède en propre et que la Lune nous livre parcimonieusement le peu que le Soleil lui prête.

LOUIS

Et puis, le Soleil nous paraît n'avoir qu'à peu près la dimension de la Lune parce qu'il est beaucoup plus éloigné. N'est-ce pas, ma tante?

MADAME REYNAUD

Sans doute. Combien de fois n'avez-vous pas eu l'occasion de remarquer que les objets nous paraissent d'autant plus petits qu'ils sont plus éloignés! Amusez-vous, tout à l'heure en rentrant, à regarder le jardin à travers une des vitres de la salle à manger et à marquer sur le verre la taille apparente des arbres que vous savez être de même hauteur. Vous constaterez alors que les plus proches seront indiqués comme étant les plus grands.

M. REYNAUD

Si vous pouviez concevoir le prodigieux éloignement du Soleil, dont la distance à la Terre est de 38 350 000 lieues, vous ne seriez plus étonnés d'apprendre qu'il est 640 000 000 de fois plus gros que la Lune.

JEANNE

Ces grands nombres-là me troublent la cervelle. Il y a trop de chiffres là-dedans.

MADAME REYNAUD

Tu peux te faire une idée moins vague de l'immense volume du Soleil au moyen d'une comparaison.

Suppose que tu représentes la Terre par une petite boule d'argile de la grosseur d'une des billes de ton frère. Eh bien, il te faudrait pétrir ensemble 1 400 000 de ces petites boules

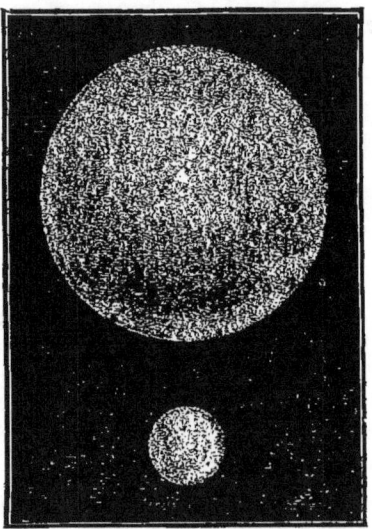

DIMENSIONS COMPARÉES DE LA TERRE ET DE LA LUNE.

pour représenter le volume du Soleil. Et note que la Lune est 49 fois plus petite que la Terre.

M. REYNAUD

Vous pouvez encore rendre plus saisissant le rapport du volume entre ces astres.

Supposez que le centre du Soleil occupe le même point que le centre de la Terre : la surface du Soleil sera presque deux fois plus loin du centre de la Terre que la Lune, qui par con-

·séquent se trouvera perdue dans l'épaisseur de la masse du Soleil. C'est-à-dire, en termes plus rigoureux, que le rayon du globe solaire est presque deux fois plus grand que la distance de la Terre à la Lune.

JEANNE

Je conçois mieux la différence du volume d'après la comparaison des billes.

MADAME REYNAUD

Tiens! Je me rappelle encore une petite histoire racontée par le célèbre Arago et qui te frappera plus que tous les raisonnements scientifiques.

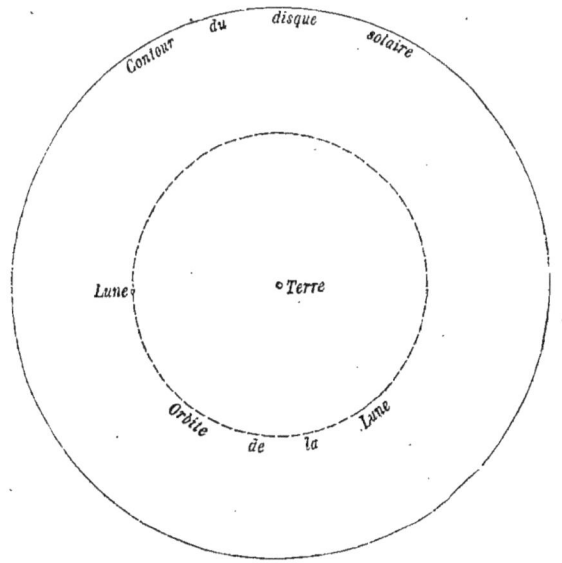

DIMENSIONS COMPARÉES DE LA TERRE ET DU SOLEIL.
LA LUNE NOYÉE DANS LA MASSE SOLAIRE.

Un professeur, ayant affaire à des esprits aussi récalcitrants que le tien, imagina de compter les grains de blé contenus dans un litre et en trouva 10 000. Il devait donc y en avoir dix fois plus ou 100 000 dans un décalitre et 14 fois plus encore, ou 1 400 000, dans 14 décalitres. Le professeur rassembla les 14 décalitres, en forma un tas à côté duquel il plaça un grain isolé et dit : « Ce grain représente le volume de la Terre et ce tas de 14 décalitres, ou de 1 400 000 grains, représente le volume du Soleil. »

JEANNE

Ah ! maintenant je comprends très bien.

MADELEINE

Mais, moi aussi. C'est l'histoire des billes autrement ra-contée.

LOUIS

Miracle ! Ces demoiselles ont compris. Quel succès oratoire pour mon oncle et pour ma tante !

M. REYNAUD

Encouragé par ce succès, je m'empresse d'ajouter que le Soleil est à lui tout seul six cents fois plus volumineux que toutes les planètes ensemble.

VALENTIN

Il est bien juste que l'astre autour duquel nous tournons de compagnie avec toutes les autres planètes soit le plus gros et le plus lumineux.

MADELEINE

Faut-il qu'il en ait, de la lumière, pour nous en envoyer toujours et toujours depuis la création !

M. REYNAUD

C'est pour cela qu'un grand astronome, le fameux Co-pernic, l'a appelé le « Flambeau du Monde ».

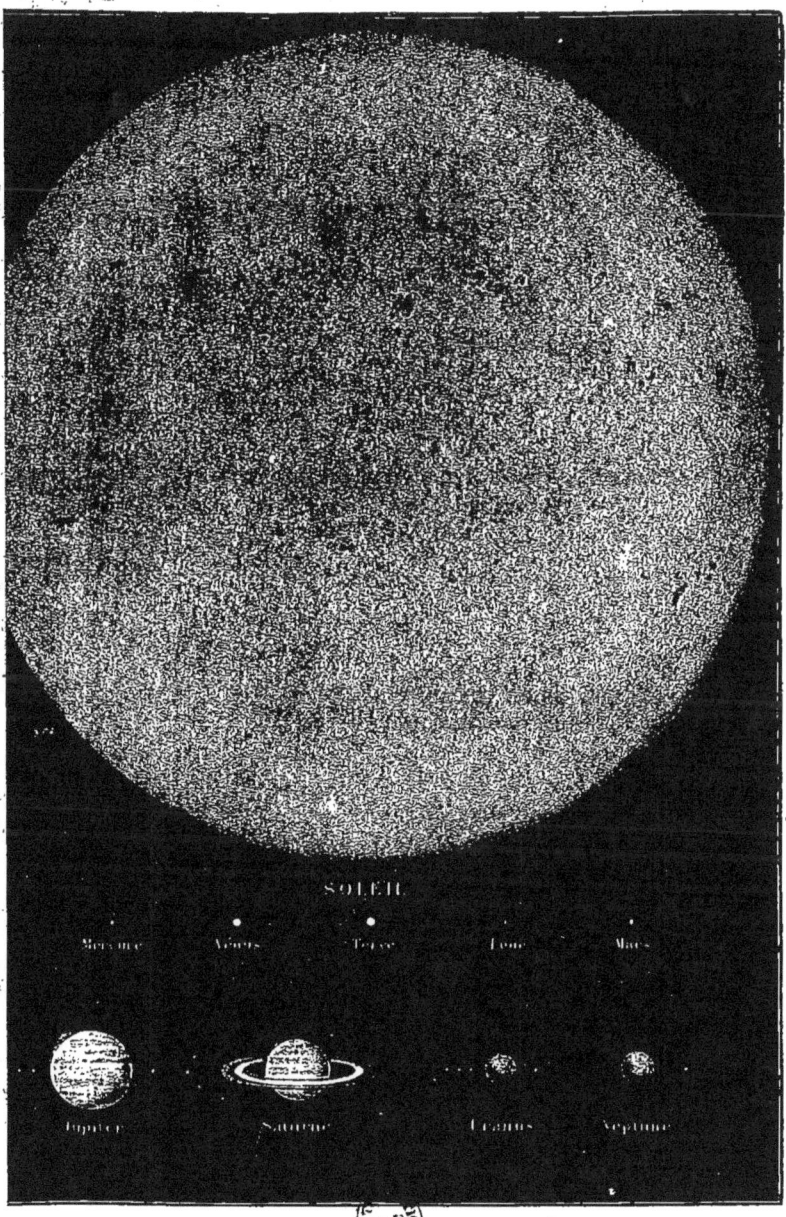

SOLEIL

Mercure   Vénus   Terre   Lune   Mars

Jupiter   Saturne   Uranus   Neptune

DIMENSIONS COMPARÉES DU SOLEIL ET DES PLANÈTES.

A PLUIE.   2

MADAME REYNAUD

Et qu'un poète bel-esprit, du Bartas, l'appelle le « Duc des chandelles ».

JEANNE

Est-ce qu'on n'a pas peur qu'il s'use et qu'il finisse par s'éteindre?

M. REYNAUD

Voilà une question à laquelle je ne répondrai pas, pour plusieurs raisons. La première, qui me dispense des autres, c'est que je n'en sais rien. Mais n'ayez nulle inquiétude : des milliers de générations succèderont à des milliers de générations avant qu'on doive s'en préoccuper.

LOUIS

Je me suis demandé bien souvent ce que c'est que la lumière.

MADAME REYNAUD

Tu voudrais en savoir plus long que le célèbre Newton lui-même, qui, ayant cherché toute sa vie la solution de ce problème, s'écriait avec découragement : « Rien de plus obscur que la lumière ! »

M. REYNAUD

A quoi Gœthe, le grand poète allemand qui s'enorgueillissait moins de ses œuvres immortelles que de ses erreurs scientifiques; répondit : « Oui, rien n'est plus obscur pour des esprits peu clairvoyants. »

MADAME REYNAUD

En dépit de cette boutade, la véritable nature de la lumière est restée jusqu'à ce jour un mystère.

MADELEINE

Je me souviens que, quand j'étais toute petite, je courais,

comme les jeunes chats, dans notre salon à demi clos pour attraper les rayons de lumière qui formaient sur le tapis des points lumineux semblables à ceux qui sont là sur le sable.

M. REYNAUD

Tout ce que je puis vous faire comprendre, c'est que la lumière n'est pas une chose matérielle. Vos professeurs vous feront connaître les hypothèses, les suppositions admises par les savants sur la nature de la lumière. Contentez-vous, pour le moment, de savoir que nous pouvons voir les corps qui, comme le Soleil, sont lumineux par eux-mêmes, parce qu'ils envoient directement leurs rayons à notre œil.

VALENTIN

Cependant nous voyons aussi les corps qui n'ont pas de lumière propre. Pourquoi et comment nous est-il permis de les voir?

M. REYNAUD

C'est ce dont nous pourrons nous rendre compte en faisant demain une suite d'expériences aussi simples qu'intéressantes.

LOUIS

Oh! des expériences? J'en suis.

CHAPITRE III

Le lendemain, à l'heure où la chaleur du jour ramenait les enfants à la maison, M. Reynaud les fit monter dans une

FAISCEAU LUMINEUX RAYANT L'OBSCURITÉ

chambre parfaitement close et dans laquelle pénétrait, par un petit trou percé au volet, un faisceau de rayons qui rayait l'obscurité d'un trait lumineux.

Il y eut d'abord un peu de trouble dans la petite réunion. L'ombre encourageait aux espiègleries; mais M. Reynaud obtint bien vite le calme et le silence.

M. REYNAUD

Remarquez bien, mes enfants, ce qui va se passer. Je reçois ce faisceau de rayons sur un morceau de velours noir. En voyez-vous plus clair?

MADELEINE

Non. La chambre reste complètement obscure.

M. REYNAUD

Et maintenant que je le reçois sur une feuille de papier blanc?

MADELEINE

La chambre est partiellement éclairée.

M. REYNAUD

C'est que dans le premier cas la lumière est *absorbée* et que dans le second elle est *réfléchie*.

JEANNE

Pourquoi les choses ne se passent-elles pas de même avec le velours noir qu'avec le papier blanc?

M. REYNAUD

Parce que *l'absorption* et la *réflexion* sont plus ou moins grandes suivant la nature des corps et l'état de leur surface.

MADAME REYNAUD

Le miroir sur lequel vous vous êtes amusés maintes fois à recueillir les rayons du Soleil pour les renvoyer dans différentes directions, vous offre un exemple frappant de cette réflexion.

MADELEINE

C'est après ces rayons réfléchis que j'ai joliment fait courir mon petit chat, comme je courais moi-même quand j'étais bébé.

M. REYNAUD

Louis, ouvre le volet; nous le refermerons en temps utile. Maintenant que la lumière entre librement, nous distinguons parfaitement tous les meubles et les objets qui garnissent la chambre.

VALENTIN

Oui, je comprends bien ce que tu veux nous dire. Nous voyons les *corps éclairants* qui sont lumineux par eux-mêmes, comme le Soleil et les étoiles, et les corps éclairés, comme la Lune et les planètes, qui ont le pouvoir de réfléchir la lumière qu'ils reçoivent; parce que dans les deux cas les rayons lumineux arrivent à notre œil.

MADAME REYNAUD

Précisément. La Lune nous transmet bien par réflexion la lumière que lui envoie le Soleil, mais elle est loin d'en réfléchir la totalité.

M. REYNAUD

En effet. Lorsqu'elle tourne vers nous sa partie éclairée, ce qui n'a lieu qu'au moment de la pleine Lune, elle n'envoie à la Terre qu'une lumière huit cent mille fois plus faible que celle du Soleil.

VALENTIN

Ce qui signifie qu'il faudrait huit cent mille pleines lunes pour nous donner la lumière du jour!

MADAME REYNAUD

Ainsi, puisque nous ne pouvons voir les corps que quand

ils réfléchissent la lumière, nous n'apercevons donc que la partie de la Lune qui reçoit la lumière solaire et la réfléchit.

MADELEINE

Et quand la Lune est nouvelle, comme c'est la partie non éclairée qui est tournée vers nous, nous ne pouvons l'apercevoir, même alors qu'elle est devant nos yeux, au-dessus de l'horizon.

VALENTIN

Les corps non lumineux par eux-mêmes ne sont donc visibles que lorsqu'ils réfléchissent les rayons d'un corps lumineux, comme le Soleil, la flamme d'une lampe, d'une bougie ou d'un bec de gaz.

MADAME REYNAUD

Et aussi lorsqu'ils reçoivent les rayons réfléchis des corps éclairés.

LOUIS

Par conséquent les corps éclairés deviennent à leur tour des corps éclairants, grâce à leur lumière d'emprunt.

JEANNE

Jusqu'ici j'ai tout compris. Mais il y a des corps qui n'absorbent ni ne réfléchissent la lumière, et la laissent passer ; le verre, par exemple.

MADAME REYNAUD

Il y a en effet des corps, tels que le verre, l'eau, l'air, le talc, qui se laissent traverser par la lumière ; on dit qu'ils sont *transparents*. Ceux qui absorbent ou réfléchissent la lumière sont dits *opaques*.

M. REYNAUD

À la rigueur aucun corps n'est complètement opaque ni

complètement transparent. La transparence du verre ne diminue-t-elle pas à mesure qu'il devient plus épais? La lumière ne pénètre plus dans la mer à une profondeur de 250 mètres, et la Terre serait plongée dans les ténèbres, si notre atmosphère était quinze fois plus épaisse.

MADELEINE

Voilà qui manquerait de gaieté.

M. REYNAUD

Le phénomène inverse a lieu pour les corps opaques. Telle substance, qui en masse a une grande opacité, prend une certaine transparence quand elle est réduite en feuilles minces. Vous pouvez en citer des exemples.

JEANNE

L'écaille!

LOUIS

La corne!

VALENTIN

L'or!

MADELEINE

L'ivoire!

MADAME REYNAUD

Et bien d'autres.

JEANNE

Je ne comprendrai jamais comment la lumière peut frapper les objets et revenir frapper notre œil.

MADELEINE

C'est comme une balle qui vient frapper le sol ou le mur et qui rebondit.

VALENTIN

Ce ne doit pas être aussi simple que cela. La lumière est

chose immatérielle, nous a dit notre oncle, et je ne conçois pas qu'elle se comporte comme une balle élastique.

LOUIS

D'ailleurs la balle qui rebondit reste la même, tandis que la lumière change en rebondissant. Tel corps la rend verte, tels autres rouge, bleue, jaune, enfin de toutes les couleurs.

M. REYNAUD

Valentin a raison. Le phénomène n'est pas simple. Si vous commencez à comprendre comment la vue nous révèle l'existence des objets que, dans l'ombre absolue, le toucher seul peut nous faire connaître, vous ne pouvez pas encore vous expliquer pourquoi la lumière, en tombant sur les corps, leur donne une si grande diversité de couleurs.

JEANNE

Oh! bien sûr que non!

MADAME REYNAUD

Demain, s'il fait encore aussi beau qu'aujourd'hui, nous chercherons à nous rendre compte du phénomène intéressant de la coloration.

LES ENFANTS

C'est cela. A demain! à demain!

CHAPITRE IV

VALENTIN

Mon cher oncle, tu nous as promis hier de nous expliquer par quel miracle le Soleil, en ne répandant sur la Terre qu'une lumière uniforme, produit ces transformations magiques qui donnent à chaque chose sa forme et ses couleurs, et je viens te rappeler ta promesse.

MADELEINE

Oui; tu t'es engagé à nous faire comprendre comment la lumière blanche rend le ciel bleu, les prairies verdoyantes; comment elle fait resplendir le levant et le couchant; comment elle colore des nuances les plus vives et les plus diverses les oiseaux et les fleurs... Il me tarde de savoir tout cela.

M. REYNAUD

Chose promise, chose due. Je me rends sans résistance à vos sollicitations, et je consens d'autant plus volontiers à reprendre nos entretiens sur la lumière, que vous flattez par votre attention mon amour-propre de professeur.

LOUIS

Oh! si on n'avait jamais que des leçons comme celles-là!...

MADAME REYNAUD

L'enseignement attrayant est sans doute rempli de charmes; mais il ne peut être profitable qu'à la condition d'être renforcé par un enseignement plus rigoureux et secondé par le travail personnel de l'élève. Toi-même, mon cher Louis, tu ne tarderais pas à en solliciter un autre.

LOUIS

Hum! ma chère tante, pour cette fois je ne suis pas bien sûr d'être de ton avis.

MADELEINE, finement.

Est-ce que cela t'arrive quelquefois de ne pas être de l'avis des autres?

M. REYNAUD

Allons, mes enfants, l'heure nous presse. Nous avons besoin du Soleil, et il ne nous attendra pas.

Sur l'invitation de leur oncle, les enfants montèrent tous quatre dans la *chambre obscure*, comme il l'appelait.

Il leur montra quatre feuilles de papier de couleur différente : une blanche, une rouge, une bleue, une jaune; puis il fixa au mur une grande feuille de papier blanc.

Quand le volet fut fermé, comme la veille la lumière ne pénétra plus dans la chambre que par le trou dont il était percé, et sous la forme d'un trait lumineux.

M. REYNAUD

Regardez du côté du mur, où j'ai fixé mon écran de papier blanc.

Je commence par recevoir sur ma feuille de papier blanc le faisceau de rayons solaires que je dirige sur l'écran : vous y voyez un reflet blanc; j'y substitue un papier rouge : vous y voyez un reflet rouge; mon papier bleu projette un reflet bleu, et enfin mon papier jaune, un reflet jaune.

LOUIS

Ça n'est pas bien malin. Il est clair que les papiers de nuances différentes réfléchissent des couleurs différentes.

M. REYNAUD

Patience! monsieur l'ergoteur. Il faut bien constater les faits avant de les expliquer.

On peut conclure de ce que vous venez de voir, et que vous avez dû remarquer souvent dans des conditions moins bien déterminées, que les rayons lumineux ne sont pas tous de même nature, que la lumière, ou lumière blanche, est la réunion, le mélange de rayons de diverses couleurs.

VALENTIN

Quelle quantité innombrable de rayons différents doit composer la lumière, pour colorer tous les objets de teintes si dissemblables!

M. REYNAUD

Tu es dans l'erreur. C'est par la combinaison d'un petit nombre de rayons particuliers que s'obtient la multiplicité des effets de coloration. Suivant que tels ou tels rayons sont mélangés dans telles ou telles proportions, ils produisent les aspects les plus variés, et vous allez en avoir la preuve.

M. Reynaud se leva, alla vers la fenêtre, enleva une cheville qui bouchait un autre petit orifice pratiqué dans le volet, et un second faisceau lumineux pénétra dans la chambre.

M. REYNAUD

Faites bien attention. Je reçois maintenant un faisceau de lumière sur le papier rouge et un autre sur le papier bleu; je les dirige tous deux sur le même point de l'écran; quel ton donnent ces deux reflets superposés?

JEANNE

Un ton violet.

M. REYNAUD

Je remplace ce papier bleu par le papier jaune : que produisent les reflets rouge et jaune amenés au même point de l'écran?

MADELEINE

Un ton orangé.

M. REYNAUD

Je substitue le jaune au rouge : quel ton donnent sur l'écran les reflets réunis jaune et bleu?

LES ENFANTS

Un ton vert.

M. REYNAUD

Eh bien! cette réunion des rayons primitifs : rouge, bleu, jaune, mêlés deux par deux, reproduit à peu près les rayons colorés qui constituent la lumière blanche.

MADAME REYNAUD

Pensez-vous qu'il soit possible de séparer les rayons diversement colorés, comme on démêlerait un écheveau de soie de couleurs différentes?

JEANNE, avec vivacité.

Moi, je ne le crois pas. Des fils de soie, on les touche, on les prend, on les trie. Rien de plus facile que de mettre à part ceux qui sont de même teinte. Mais des rayons de lumière! Pour essayer de les trier, il faudrait être aussi peu avisé que le petit chat qui voulait peloter avec les rayons du Soleil que lui jetait le miroir de Madeleine!

MADELEINE

Je crois que ma tante nous a tendu un piège.

LOUIS

Et Jeanne n'a pas manqué de donner dedans!

M. REYNAUD

Le contraire eût été plus surprenant, car ce problème jugé longtemps insoluble n'a été résolu qu'au XVIIᵉ siècle par Newton. Cet illustre savant a le premier analysé la lumière, et je vais renouveler son expérience, qui est devenue tout à fait vulgaire.

Voici un prisme de verre monté sur un pied. Je le place de manière que la base soit tournée vers le bas et horizontalement, et je le fais traverser obliquement par le faisceau de lumière que je reçois à sa sortie sur cet écran de papier blanc.

JEANNE

Oh! que c'est beau!

M. REYNAUD

Vous le voyez : au lieu d'un cercle lumineux, j'obtiens une figure allongée, colorée des mêmes nuances que l'arc-en-ciel.

On vous enseignera plus tard comment les rayons se trouvent séparés et pour ainsi dire tamisés en traversant le prisme rectangulaire. Aujourd'hui cette explication nous entraînerait trop loin.

Remarquez bien la figure que prend sur l'écran le faisceau lumineux : c'est un rectangle allongé, terminé à ses deux extrémités par un demi-cercle et divisé en bandes horizontales de couleurs vives disposées dans l'ordre suivant, en commençant par le haut : *rouge, orangé, jaune, vert, bleu, indigo, violet,* quand le prisme est présenté comme en ce moment.

Mais, si je renverse le prisme en dirigeant sa base vers le haut, qu'arrive-t-il?

MADELEINE

Les couleurs se présentent inversement.

MADAME REYNAUD

Dans ce cas le rang des couleurs s'exprime par un vers alexandrin bien connu et que la mémoire retient facilement.

LOUIS, avec volubilité·

Violet, indigo, bleu, vert, jaune, orangé, rouge.

M. REYNAUD

Cette image a reçu le nom de *spectre solaire*.

MADELEINE

C'est bien joli! quel malheur qu'on ait appelé cette gentille image un spectre.

VALENTIN

Mais spectre ne veut pas dire autre chose que *image, vision*.

MADAME REYNAUD

Madeleine s'en ferait volontiers une écharpe, comme Iris s'en fit une de l'arc-en-ciel.

MADELEINE

Pourquoi pas, si c'était la mode?

LOUIS

Je remarque que les bandes ne sont pas toutes de la même largeur.

VALENTIN

Et qu'elles n'ont pas la même intensité dans toute leur longueur.

M. REYNAUD

En effet, elles sont plus vives au milieu et se fondent vers les extrémités dans les couleurs adjacentes; il n'y a donc pas de limites fixes et nettes entre deux couleurs contiguës.

JEANNE

Et tu dis que toutes ces belles couleurs mélangées peuvent reproduire la couleur blanche? Je ne croirai jamais cela.

MADAME REYNAUD

C'est une épreuve à faire.

LOUIS

Nous verrons bien. Tout à l'heure, quand nous serons descendus, je mélangerai sur ma palette de porcelaine les sept couleurs que je prendrai dans ma belle boîte à peinture, et je saurai si cela fait du blanc.

M. REYNAUD

Tu ne réussiras pas dans ces conditions, car les couleurs de ta boîte sont loin d'être pures. Tu n'arriveras, après beaucoup de tâtonnements, qu'à produire une couleur grisâtre, terne et sourde, ce qu'on appelle une teinte neutre. Mais si tu pouvais te procurer les sept couleurs d'une pureté parfaite, chose impossible à réaliser, et que tu parvinsses à les mélanger dans la proportion voulue, tu obtiendrais une teinte tout à fait blanche.

LOUIS

C'est égal, j'essayerai tout de même pour voir à quel résultat je puis arriver.

Une fois sortis de la chambre obscure, les enfants se dispersèrent dans le jardin et dans la maison, et il ne fut plus question de couleurs ce jour-là.

CHAPITRE V

MÉLANGE DES COULEURS

Au grand déplaisir de nos jeunes amis, M. Reynaud fut obligé de s'absenter pendant toute la journée suivante.

Les garçons résolurent de mettre ce temps à profit pour expérimenter le mélange des couleurs, espérant offrir à leur oncle, à son retour, une splendide couleur blanche composée des couleurs primitives.

Assis l'un en face de l'autre à une table encombrée de godets, de verres d'eau, de couleurs, de pinceaux; munis chacun d'une palette de porcelaine, ils firent de nombreuses tentatives, avec une ténacité digne d'un meilleur succès.

Louis jetait de temps en temps des regards inquiets sur la palette de Valentin, craignant d'y voir apparaître plus tôt que sur la sienne la couleur tant souhaitée. Puis, voyant que son compagnon d'expériences ne réussissait pas mieux que lui, il se remettait à la besogne et recommençait un nouveau mélange. Mais tous leurs tâtonnements n'aboutirent qu'à des tons colorés où le rouge, le jaune, le bleu dominaient tour à tour. Ils ne parvinrent même pas à la teinte neutre annoncée.

LOUIS, découragé·

Décidément, j'y renonce.

VALENTIN

C'est impossible! Nous n'arriverons jamais à un mélange

assez intime pour atteindre même approximativement la nuance grisâtre.

LOUIS

Rangeons tout cela.

VALENTIN

C'est ce que nous avons de mieux à faire.

MADAME REYNAUD

Mes chers enfants, j'ai été témoin de votre persévérance et de vos efforts, que je n'ai pas voulu décourager, bien que je fusse assurée d'avance qu'ils ne pouvaient aboutir. Si vous voulez maintenant tenter une autre expérience, je suis persuadée que vous arriverez à un meilleur résultat.

VALENTIN

Nous ne demandons pas mieux.

MADAME REYNAUD

Je t'ai vu plusieurs fois, Louis, prendre dans la grande cheminée du jardinier un tison enflammé que tu t'amusais à faire tourner rapidement. Pourquoi faisais-tu cela?

LOUIS

Parce que, au lieu de voir un point lumineux qui se déplaçait, je voyais un cercle de feu.

MADAME REYNAUD .

Ce cercle de feu était produit par la succession immédiate des sensations, qui persistaient assez de temps dans l'œil pour qu'elles parussent se produire simultanément.

Or, si nous faisons en sorte que les différentes sensations reçues par notre œil de chacune des couleurs se succèdent avec une telle rapidité qu'elles se confondent, elles donneront une seule sensation, qui sera celle de la couleur blanche.

VALENTIN

Comment faire?

MADAME REYNAUD

Prenez cette feuille de carton. Tracez-y un cercle de douze à treize centimètres de rayon et découpez-le. Vous aurez soin d'en noircir le milieu et le bord, de façon à laisser une bande blanche intermédiaire de même largeur que la bordure noire. Après quoi je vous dirai ce qu'il faut faire.

Le cercle de carton ayant été préparé suivant les indications données, Louis et Valentin le montrèrent à leur tante.

MADAME REYNAUD

Il vous reste maintenant à disposer les sept couleurs dans leur ordre naturel en leur faisant occuper un espace proportionnel aux largeurs respectives qu'elles prennent dans le spectre solaire.

LOUIS, d'un air dépité.

Nous ne pouvons pas le savoir.

MADAME REYNAUD

Voici qui pourra vous aider : on a constaté qu'en divisant la longueur totale du spectre solaire en 360 parties égales,

Le violet en occupe...............	109
L'indigo —	47
Le bleu —	48
Le vert —	46
Le jaune —	33
L'orangé —	27
Le rouge —	50
Total...................	360

Vous n'avez donc qu'à prendre sur la circonférence, à l'aide du rapporteur de votre boîte de compas, le nombre de degrés correspondant précisément à ces chiffres, à joindre ces

points de division au centre et à remplir chaque comparti-
ment de la couleur convenable.

Ensuite, faisant tourner très rapidement ce cercle de carton
autour d'un axe, d'une aiguille à tricoter, par exemple, vous obtiendrez, par la simultanéité des sensations reçues dans l'œil,
ce qui équivaut à la superposition et au mélange des couleurs,

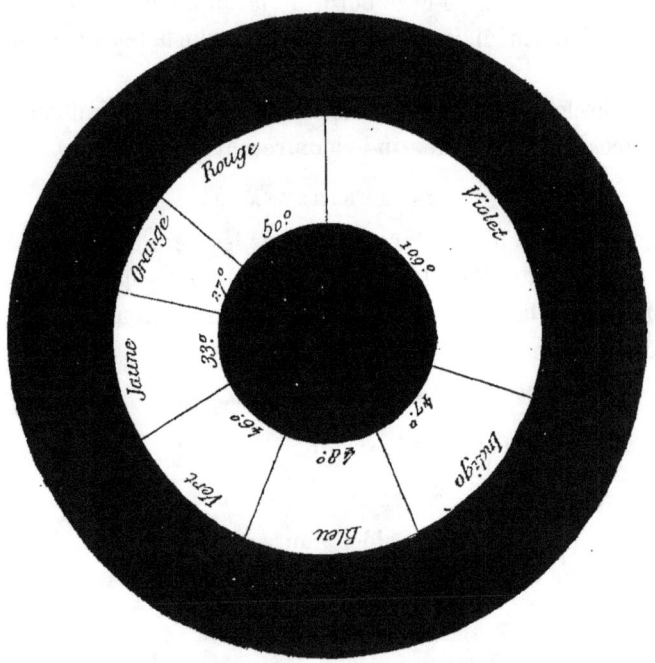

DISQUE PRÉPARÉ PAR LOUIS ET PAR VALENTIN POUR EXPÉRIMENTER
LE MÉLANGE DES COULEURS.

non un anneau de blanc pur, mais un anneau de blanc grisâtre
qui se rapprochera d'autant plus du blanc absolu que la
pureté des couleurs sera plus grande.

Les deux garçons se mirent à l'œuvre avec ardeur et réus-
sirent au delà de leurs espérances : ce qui les enchanta tellement, qu'ils coururent chercher leurs sœurs pour assister à

leur triomphe et leur faire constater avec eux que la réunion des sept couleurs forme bien la lumière blanche.

MADAME REYNAUD

Puisque cela vous amuse, vous pouvez continuer et varier vos plaisirs par de nouvelles expériences.

Taillez un cercle de papier noir de même rayon que le cercle de carton, et appliquez-le dessus après avoir découpé un secteur qui ne laisse à découvert qu'une seule couleur, le rouge par exemple. Quand vous ferez tourner le petit appareil, vous obtiendrez un anneau rouge. Si vous découvrez successivement le bleu, le jaune, le violet, vous obtiendrez également des anneaux bleu, jaune, violet. Donc, quand toutes les couleurs sont découvertes, elles sont toutes visibles, comme quand elles sont isolées, et elles doivent produire le même effet que si elles étaient mélangées dans la proportion de la place qu'elles occupent sur le carton.

VALENTIN

Et si nous découvrions les couleurs deux par deux ou trois par trois?

MADAME REYNAUD

Dans ce cas vous obtiendriez par la rotation du carton un anneau dont la couleur résulterait du mélange de ces deux ou trois couleurs. Si vous découvrez le rouge et le jaune, vous obtiendrez un anneau orangé; le bleu et le jaune donneraient un anneau vert; le rouge et le bleu, un anneau violet.

MADELEINE

Ce serait répéter, en mélangeant les couleurs, l'expérience que mon oncle nous a faite dans la chambre obscure en mélangeant les rayons diversement colorés.

Une fois à l'œuvre, les garçons ne s'arrêtèrent pas en si beau chemin. Valentin était doué d'une persévérance que rien ne rebutait, et Louis d'une ardeur qui l'emportait à désirer toujours autre chose; aussi, le soir, la table se trouva-t-elle jonchée de disques coloriés dont les diverses combinaisons prouvaient la fertilité de leur génie inventif.

VALENTIN

Vois donc, ma tante, le singulier disque que j'ai préparé. Après l'avoir divisé en anneaux concentriques d'égale largeur, j'ai partagé chacun de ces anneaux en deux, en quatre et en huit parties; de sorte que le cercle du milieu a une moitié noire et une moitié blanche; l'anneau moyen, deux quarts noirs alternant avec deux quarts blancs, et la couronne extérieure, quatre huitièmes noirs alternant avec quatre huitièmes blancs.

JEANNE

A quoi cela rime-t-il?

VALENTIN

Fais tourner le disque autour d'une aiguille à tricoter, tu verras bien à quoi cela rime.

JEANNE

On ne distingue plus ni noir ni blanc : c'est absolument gris.

LOUIS

Tiens, fais tourner de même cette étoile rouge à six rayons placée sur un fond jaune.

JEANNE

Oh! c'est très drôle! Le centre est rouge, le tour est jaune et le milieu orangé.

MADAME REYNAUD

Sans doute. Ces résultats sont d'accord avec la théorie du mélange des couleurs.

JEANNE, d'un air réfléchi.

Mais nous connaissions ces expériences-là ; seulement nous n'y prenions pas garde.

LOUIS, piqué.

Où donc, mademoiselle l'observatrice a-t-elle remarqué de semblables phénomènes ?

VALENTIN

Voudrais-tu nous enlever notre gloire ?

TOUPIE CHROMATIQUE.

JEANNE

Je m'en garderais bien ! Je reconnais que vous êtes de grands physiciens... en herbe. Je veux seulement dire que, lorsque Louis s'amuse avec sa toupie caméléon, j'ai vu bien souvent les couleurs se confondre, augmenter ou diminuer d'intensité, suivant que nous déplacions avec un poinçon le secteur de carton noir qui recouvre les secteurs coloriés. Nous disions même que le nom de caméléon était bien choisi, parce qu'au moindre choc la toupie change de nuances.

MADELEINE

Il y a de la chromatique là-dedans ! comme dirait la Madelon des *Précieuses ridicules*.

MADAME REYNAUD

Ces jouets charmants ont été inventés par des savants qui cherchaient à démontrer la durée des sensations produites sur la rétine par la lumière et les couleurs, et, comme le fait remarquer Madeleine, ils ont reçu le nom de *toupies chromatiques*, c'est-à-dire colorées.

LOUIS, se frappant le front.

Oh ! ma toupie ! Et moi qui n'y pensais pas ! C'était bien la peine de nous donner tant de mal pour reproduire ce qu'on a mieux fait que nous !

MADELEINE, riant.

A quelque chose malheur est bon.

JEANNE

Oui ; car maintenant je trouve l'expérience décisive, et sans vos disques je n'aurais pas pensé à la toupie. Je suis forcée d'admettre que la lumière est composée de rayons divers qu'on peut séparer comme on démêlerait un écheveau de soie de plusieurs nuances.

CHAPITRE VI

ÉCLAIREMENT ET COLORATION DES CORPS

Le beau temps continuait et la petite société intime, que réjouissait avant tout le spectacle des splendeurs que le Soleil donne à la Terre, était pourtant entraînée, aux heures forcées du repos, à reprendre ses causeries sur les phénomènes de la lumière. M. Reynaud ne cherchait nullement à y ramener ses neveux. Il savait très bien que les enfants ont plus de finesse qu'on ne leur en attribue d'ordinaire, et qu'ils ne sont que rarement dupes des innocentes supercheries qu'on emploie pour appeler leur attention et la diriger à volonté. Il était du reste en présence d'intelligences curieuses qui lui fourniraient tôt ou tard l'occasion de leur apprendre quelque chose.

Ce fut Louis qui, cette fois encore, provoqua la reprise du sujet qui les avait intéressés les jours précédents. .

LOUIS

Maintenant que nous avons une certaine idée, je ne dis pas une idée certaine, sur la lumière, ne pourrais-tu, mon cher oncle, nous faire comprendre comment la lumière colore les objets si différemment?

M. REYNAUD

Je crois qu'en effet nos explications et nos expériences ont été assez bien comprises pour nous permettre de concevoir de quelle manière l'existence des corps nous est révélée à distance, et comment leur forme, leurs couleurs, la place qu'ils occupent, nous sont connues.

VALENTIN

Il est évident pour tout le monde que c'est quand ils sont éclairés, c'est-à-dire quand ils deviennent lumineux par réflexion.

JEANNE

Puisque les objets ne sont visibles que lorsqu'ils reçoivent les rayons du Soleil et qu'ils les réfléchissent, comment se fait-il que je voie ces arbres, ces fleurs, ces bancs, qui sont à l'ombre derrière la maison, laquelle empêche le Soleil de pénétrer par ici?

MADAME REYNAUD

D'abord les mots *ombre* et *lumière* ne sont que des termes exprimant seulement une différence d'intensité d'éclairement. Il n'y a pas de coin si obscur où la lumière ne pénètre.

M. REYNAUD

Et toujours par suite du phénomène de la réflexion. Quand la lumière du Soleil arrive sur la Terre, elle a déjà été réfléchie par l'atmosphère. Chaque molécule d'air frappée par les rayons solaires les a renvoyés dans tous les sens.

S'il en était autrement, tous les corps qui ne recevraient pas directement les rayons solaires resteraient absolument invisibles. Est-ce que la lumière n'entre pas par les fenêtres du salon qui sont du côté opposé au Soleil? C'est cette lumière-là qu'on appelle *lumière diffuse*.

MADAME REYNAUD

La lumière diffuse, en frappant directement tous les objets qu'elle rencontre, est encore réfléchie et absorbée en partie, suivant la nature des corps et l'état de leur surface.

MADELEINE

En voilà un tricotage, un enchevêtrement de rayons !

LOUIS

Qu'adviendrait-il donc si la Terre n'avait pas d'atmosphère ?

M. REYNAUD

Les hommes, s'ils pouvaient vivre sans atmosphère, verraient, dans un ciel absolument noir, un globe étincelant de lumière, des étoiles brillantes, une lune pâle dans laquelle le Soleil se mirerait sans profit pour eux. Les seules choses éclairées seraient celles qui recevraient en droite ligne les rayons du Soleil ou celles qui recevraient les rayons réfléchis des corps éclairés directement.

MADAME REYNAUD

Nous ne jouirions pas plus des splendeurs de l'aurore que de celles du Soleil couchant ; nous passerions brusquement d'un jour éblouissant à une nuit obscure ; en un mot, il arriverait pour la Terre ce qui arrive pour la Lune.

JEANNE

La Lune n'a donc pas d'atmosphère ?

VALENTIN

Elle n'a pas cet honneur.

MADAME REYNAUD, prenant un livre dans la bibliothèque.

Laissez-moi vous lire une description de Flammarion qui vous montrera de quels phénomènes merveilleux nous serions privés si notre atmosphère se trouvait anéantie. Nous nous trouvons pour l'instant transportés sur la Lune.

« Comparons le riant spectacle que nous offre la Terre, en partie couverte de son manteau humide et ondoyant, sillonnée de fleuves ; comparons, dis-je, ce spectacle à l'aspect morne de

la Lune, avec son sol de pierre ou de métal déchiré, crevassé
et si rudement bouleversé dans ses vastes déserts montagneux;
avec ses volcans éteints et ses pics semblables à de gigantesques
tombeaux; avec son ciel noir invariable et sans forme, dans lequel règnent jour et nuit des étoiles non scintillantes, le Soleil
et la Terre. Là les jours ne sont, en quelque sorte, que des
nuits éclairées par un Soleil sans rayons. Point d'aurore le
matin, point de crépuscule le soir. Les nuits sont absolument
noires. Le jour, les rayons solaires viennent se briser, se
rompre aux arêtes tranchantes, aux pointes aiguës des rochers,
ou s'arrêter court aux bords abrupts de ces abîmes, dominant
çà et là de bizarres figures noires aux contours anguleux et
tranchés, et ne frappant les surfaces exposées à leur action
que pour se réfléchir et se perdre aussitôt dans l'espace, om-
bres fantastiques dressées au milieu d'un monde sépulcral,
éternellement muet et silencieux.

« Il n'y a que du blanc et du noir. Les roches reflètent passi-
vement la lumière du Soleil; les cratères restent en partie en-
sevelis dans l'ombre; des clochers fantastiques demeurent
dressés comme d'éternels fantômes sur ce cimetière glacé;
l'absence d'atmosphère laisse l'espace noir du ciel étoilé do-
miner constamment ce lugubre théâtre, auquel la Terre ne
pourrait heureusement rien comparer d'analogue. »

MADELEINE
Voilà un pays que je ne voudrais pas habiter.

JEANNE
Ni moi non plus.

LOUIS
Les habitants, s'il y en a, ne doivent pas être gais.

MADAME REYNAUD
Cette petite digression nous a entraînés bien loin de notre
sujet.

JEANNE

Oui; tout cela ne nous dit pas comment les objets nous apparaissent sous des couleurs si diverses.

M. REYNAUD

Les effets de coloration si variés s'expliquent par les phénomènes simultanés de la réflexion et de l'absorption.

Examinez ce qui se passe dans un appartement. La lumière directe et la lumière diffuse entrent par les vitres transparentes des fenêtres, venant frapper plus ou moins obliquement les meubles, les tentures, le plafond, le plancher. Chacun des points de la surface de chaque objet a la propriété d'absorber ou de réfléchir, dans des proportions infiniment variables, les rayons divers qui les frappent.

Telle étoffe absorbe à peu près tous les rayons à l'exception des rayons rouges, qui, réfléchis jusqu'à notre œil, nous donnent la sensation du rouge; telle autre ne réfléchit que les jaunes et par conséquent nous paraît jaune. Ainsi des autres couleurs.

VALENTIN

Ce qui revient à dire que les corps sont de la couleur que leur donnent les rayons qui sont seuls réfléchis.

M. REYNAUD

C'est très bien formulé.

MADELEINE

Ainsi, ce ruban que j'ai autour du cou est bleu, parce que tous les rayons du spectre solaire sont absorbés, excepté les rayons bleus?

MADAME REYNAUD

Justement! De même que ma robe est noire, parce qu'elle

absorbe à peu près tous les rayons. Je dis : à peu près, car le
noir le plus intense réfléchit encore quelque lumière.

JEANNE

Bon! j'admets cela...

LOUIS

Quelle concession!

JEANNE

Mais les objets qui nous entourent ne sont pas uniformé-
ment noirs comme la robe de ma tante, bleus comme le ruban
de Madeleine, jaunes ou rouges comme les rideaux et les fau-
teuils. La variété des nuances est infinie.

MADAME REYNAUD

La variété des nuances n'est pas plus difficile à expliquer
que l'uniformité de couleur. Chaque point de la surface des
corps absorbe ou réfléchit les rayons variés du prisme dans
des proportions bien différentes, ce qui produit toutes ces
teintes, tous ces tons, tous ces jeux de la lumière dont les
combinaisons sont infinies.

Tu as vu que Louis et Valentin, en mêlant sur la palette les
couleurs par deux, par trois, par quatre, par sept, en changeant
de proportion pour chaque mélange, obtenaient les effets les
plus diversifiés en tons et en intensité. Ton oncle t'a fait comprendre qu'un mélange intime des sept couleurs primitives
dans de certaines proportions donnerait un blanc aussi écla-
tant que celui de la neige.

M. REYNAUD

J'ajouterai à ce propos que des expériences délicates ont
constaté que la neige est formée de cristaux excessivement petits qui réfléchissent les sept couleurs primitives.

JEANNE

Il faut donc croire que la neige est blanche parce qu'elle

est à la fois violette, bleue, jaune, verte, orangée et rouge ?

LOUIS

C'est le cas de dire, n'est-ce pas, Jeanne ? que les savants veulent nous en faire voir de toutes les couleurs !

M. REYNAUD

Oui, ma chère Jeanne ; c'est bien vrai. Tu auras beau nier les vérités que tu te refuses à comprendre, elles n'en existent pas moins.

VALENTIN

Moi, je trouve cela curieux, et je n'en suis pas plus étonné que de tant d'autres choses qui me sont révélées à mesure que je m'instruis.

M. REYNAUD

Je vais surprendre Jeanne bien davantage en lui disant qu'un corps qui réfléchirait la totalité des rayons solaires serait invisible.

LOUIS

Comment ! plus un corps serait éclairé, moins on le verrait ? Ah ! pour cette fois, je me range du côté de Jeanne.

MADELEINE

Jusqu'ici j'ai fait preuve d'une docilité parfaite. J'accepte tout ce que nous affirme mon oncle ; il nous dit des choses qui m'amusent souvent, qui m'intéressent toujours, bien qu'il m'accuse d'être trop distraite ;.. mais j'ai peur qu'en ce moment il ne se joue de nous et qu'il n'éprouve notre crédulité.

VALENTIN

Oh ! les bavards ! mais attendez donc l'explication ! Ce n'est pas pour rien que notre oncle a éveillé notre curiosité.

MADAME REYNAUD

Valentin a raison : attendez l'explication. Voyons, Made-

leine, tu te regardes souvent dans une glace, soit dit sans re-
proche; tu y vois ton image : vois-tu la glace?

MADELEINE

Certainement, je la vois, bien encadrée dans une belle bordure d'or.

MADAME REYNAUD

D'accord, tu vois la bordure; mais tu ne vois pas la glace.

Te souviens-tu qu'un jour, montant un escalier d'un grand
magasin de Paris, tu t'es arrêtée sur le palier pour laisser
passer les gens qui venaient devant toi? Ce n'est qu'après un
certain temps que tu t'es aperçue qu'une glace sans cadre,
adossée à la muraille, reflétait l'image des personnes qui mon-
taient avec toi. Te le rappelles-tu?

MADELEINE

Parfaitement, et j'en ai bien ri. Je m'amuse encore quelquefois à voir de graves messieurs se saluer eux-mêmes devant
cette glace et se ranger pour se laisser passer.

M. REYNAUD

Eh bien! cette glace n'est pas visible, parce qu'elle réfléchit
la totalité des rayons lumineux et ne montre que les corps
éclairés qui y projettent leur image.

Donc, si un corps réfléchissait la totalité des rayons, tous
les points de la surface de ce corps seraient autant de miroirs dans lesquels nous verrions l'image du Soleil; mais
nous ne verrions pas le corps lui-même, pas plus que nous
ne voyons la glace qui reproduit notre image et celle des objets qui nous entourent.

MADAME REYNAUD

Il faut ajouter que les glaces ne sont pas des miroirs par-
faits, et qu'elles sont loin de réfléchir la totalité des rayons
qu'elles reçoivent.

JEANNE

Me voilà encore une fois perdue! Le verre est pourtant un corps transparent qui se laisse traverser par la lumière?

M. REYNAUD

Aussi n'est-ce pas la glace elle-même qui réfléchit les rayons lumineux: elle les laisse passer, et ils viennent frapper la surface métallique du tain appliqué par derrière. C'est cette surface métallique, très brillante, qui forme le miroir et réfléchit la presque totalité des rayons lumineux.

VALENTIN

C'est évident.

JEANNE

Je voudrais bien encore demander quelque chose.

MADAME REYNAUD

Dis, mon enfant. Nous sommes ici pour te répondre.

JEANNE

Je conçois maintenant que ce n'est pas la glace elle-même qui réfléchit la presque totalité des rayons lumineux, et que c'est la surface métallique qui y est appliquée. Mais l'eau est aussi un corps transparent; il n'y a pas de tain au fond de l'étang, et l'autre jour je remarquais que tous les objets du rivage s'y reflétaient comme dans un miroir.

M. REYNAUD

Cela tient à ce que la totalité des faisceaux lumineux ne pénètre pas dans l'eau, surtout lorsqu'ils ont une direction oblique et qu'après avoir frappé la surface liquide ils sont réfléchis symétriquement.

JEANNE

L'eau était tellement claire, que pour la voir j'étais obligée de faire un effort d'attention.

RÉFLEXION DE LA LUMIÈRE SUR UNE EAU TRANQUILLE.

M. REYNAUD

Justément. La surface de cette eau limpide se comportait comme une substance polie, comme la glace du magasin dont parlaient tout à l'heure ta tante et Madeleine. On a donné le nom de *réflexion spéculaire* au mode de réflexion produit par les corps qui en font voir d'autres en restant eux-mêmes invisibles.

MADELEINE

C'est merveilleux. Je n'aurais jamais imaginé tout cela. Et

COMMENT ON PRODUIT LES SPECTRES.

pourtant comme ces choses paraissent simples, quand on les a une fois comprises !

MADAME REYNAUD

Cela ne doit pas t'étonner ; ce sont justement les phéno-

mènes les plus vulgaires dont on se rend le moins compte,
parce qu'ils excitent moins la curiosité. Comme les phénomènes de la réflexion lumineuse sont peu connus et peu
observés, on en tire parti pour émerveiller la foule dans les
spectacles forains en exhibant des *spectres*, des *décapités
parlants* ou des *femmes à deux têtes*. Ces prétendues horreurs ont toujours un grand succès.

LOUIS

Je ne m'étonnerai plus qu'à bon escient.

CHAPITRE VII

LA PÊCHE A LA PINCETTE

Une après-midi, au moment où la chaleur du jour se fait plus douce, madame Reynaud partit en promenade avec ses neveux et nièces.

Les enfants se réjouissaient d'être en pleine campagne. Certes le jardin de la maison était charmant, bien fleuri et bien ombragé, avec de belles pelouses pour les parties de crocket, de jolies allées sablées pour la course, des bosquets ravissants pour ceux qui voulaient s'isoler avec un livre ou s'assembler dans la causerie; mais il était clos! Et pour les enfants, comme pour les oiseaux, les cages, quelque dorées, quelque vastes qu'elles soient, ne paraissent-elles pas toujours trop étroites? ne sont-ce pas toujours des cages? C'est si bon de pouvoir s'envoler sans craindre de froisser ses ailes!

Ils allaient donc, en avant, à droite, à gauche, par un sentier ou par un autre, sans soucis et sans but.

Le pays n'est pas fort accidenté : on n'y trouve ni montagnes, ni précipices, ni rochers, ni lacs; mais il a le charme des paysages calmes qu'on explore sans fatigue et qu'on admire sans enthousiasme.

Nos joyeux promeneurs parcouraient le haut remblai d'un chemin vicinal qui traverse une grande prairie.

D'un côté s'allongeait la clôture d'un immense parc au-

dessus de laquelle s'élevait un rideau d'arbres de haute
futaie; de l'autre s'étendaient, à perte de vue de grands prés
sillonnés par quelques rangées de peupliers et parsemés de
bouquets d'ormes et de sycomores.

Un ruisseau s'échappait du grand parc en passant sous
un petit pont de pierre, et s'enfuyait doucement, doucement,
là-bas, à l'horizon, vers les maisons entourées de verdure,
dominées par des noyers touffus et de hauts châtaigniers.

Y a-t-il dans un paysage un accident plus heureux qu'un
pont, un ponceau, un amour de petit pont?

Quoi de plus attrayant que de regarder par-dessus le parapet l'eau qui coule lentement, emportant à la dérive des flot-
tilles de feuilles et de pétales, des radeaux d'herbes et de brin-
dilles; de suivre les longues glissades des insectes aquatiques
qui rayent l'eau de leurs légers patins; de guetter l'ascension
des bulles argentées qui viennent éclater sans bruit à la
surface? Que sais-je!

Ce n'est pourtant rien de tout cela qui attirait l'attention
des enfants et les retenait, penchés et immobiles, appuyés au
parapet: c'était une scène animée et inattendue dont ils
cherchaient à comprendre la signification.

Il y avait là, au bord du ruisseau, agenouillée sur un coussin
de tapisserie, une dame qui regardait sous l'arche et scrutait
le fond de l'eau, tandis que sa petite fille allait de ci, de là,
sondant aussi du regard la partie du ruisseau avoisinant le
petit pont.

Que faisaient-elles là, toutes deux?

Pourquoi la petite fille tenait-elle un panier en fil de fer
dans lequel grouillaient des choses noires, indistinctes, qui
ne lui faisaient pas peur?

Pourquoi la dame avait-elle une paire de pincettes à la
main?

Il y avait bien là de quoi piquer la curiosité de nos jeunes
gens. Aussi, comme ils descendirent, ou mieux comme ils dé-

gringolèrent par l'étroit sentier frayé au bout du pont !

Quand ils furent tout près, ils remarquèrent qu'à des bouchons flottants étaient attachées des ficelles au bout desquelles pendaient de petits morceaux de viande.

La dame ne se laissa pas distraire par la venue soudaine des curieux : elle guettait toujours, toujours immobile, toujours tenant sa pincette en avant.

Tout à coup, d'un mouvement rapide, elle enfonça la pincette dans le ruisseau et en sortit une magnifique écrevisse, puis une seconde, puis une troisième, qu'elle laissa tomber dans le panier que lui présentait sa fille.

C'est étonnant, dit Madeleine en se penchant à l'oreille de sa tante, que cette dame ait pris si sûrement ces trois écrevisses ; j'ai remarqué qu'à chaque fois elle n'avançait pas assez sa pincette. Je voudrais bien essayer, il me semble que je m'y prendrais mieux.

L'inconnue se tourna gracieusement vers Madeleine et lui offrit sa place, en disant qu'elle avait les genoux et les yeux fatigués, que cela la reposerait.

Madeleine, profitant volontiers de la permission accordée d'une façon si gentille, s'agenouilla à son tour sur le coussin et se mit aux aguets, la pincette en arrêt.

Une grosse écrevisse sortit lentement de dessous une pierre en se dirigeant vers un des appâts. Sans hésiter, Madeleine enfonça la pincette sous l'eau, l'enleva d'un air triomphant et resta tout interdite en s'apercevant qu'elle ne tenait rien.

LOUIS, d'un ton moqueur.

Ah ! ah ! tu as *pris un rat*, ma chère, comme nous disons au lycée ; mais tu n'as pas pris d'écrevisse.

MADELEINE

C'est incroyable !

LOUIS, avec un sérieux comique·

Incroyable ne me paraît pas exagéré!

MADELEINE

Je suis pourtant bien sûre d'avoir lancé la pincette juste à l'endroit où je voyais l'écrevisse!

LA DAME

C'est pour cela, mademoiselle, que vous n'avez pas réussi.

MADAME REYNAUD

Sans doute. Ne sais-tu pas que dans l'eau nous ne voyons jamais les choses où elles sont?

VALENTIN

Tiens regarde mon bâton que je plonge dans le ruisseau :

BATON BRISÉ.

est-ce que tu vois la partie plongée où elle est? Tu sais pourtant bien que mon bâton n'est pas cassé.

JEANNE

Oh! ça, je l'ai déjà remarqué bien souvent. Quand j'étais toute petite et que je trempais mon bras dans l'eau, je croyais qu'il était cassé et que je n'avais qu'à le retirer pour le raccommoder.

MADAME REYNAUD

Rappelez-vous, mes enfants, que dans l'eau ou dans un liquide quelconque les objets ne sont jamais où vous les voyez. Madeleine a dû s'apercevoir que l'écrevisse se trouvait plus près d'elle qu'elle ne le pensait.

LA DAME

Je vous en prie, mademoiselle, ne restez pas sur un insuccès. Vous pouvez recommencer, et cette fois je suis sûre que vous réussirez.

MADELEINE, enlevant une écrevisse au bout de sa pincette.

Ah! cette fois je la tiens! Mais que c'est bizarre! Je croyais toucher le fond, et j'ai bien vu que le ruisseau est plus profond que je ne me l'imaginais.

LA DAME

En effet, mademoiselle, les ruisseaux et les rivières paraissent moins profonds qu'ils ne le sont réellement.

VALENTIN

Pourquoi donc?

MADAME REYNAUD

Le fond, vu à travers l'eau, est relevé en vertu du même phénomène qui brise un bâton, une rame plongée... Je vous expliquerai cela.

LOUIS

Voilà donc l'explication de ce qui m'est arrivé l'autre jour. Avant de me baigner dans la pièce d'eau, j'ai mesuré de l'œil

la profondeur de l'endroit où je voulais me jeter : je crus que
je n'aurais de l'eau que jusqu'aux épaules, et j'en ai eu par-
dessus la tête. Comme je ne suis pas encore très bon nageur,
j'ai eu quelque peine à me mettre à flot et j'ai bu un fameux
coup.

JEANNE, avec inquiétude.

Et je parie que tu étais seul ! Quel imprudent !

LOUIS

Je ne suis pas imprudent du tout. Je croyais barboter tranquillement ; mon plongeon a été bien involontaire.

VALENTIN

Comment peut-on expliquer ce fait ?

MADAME REYNAUD

Le phénomène qui fait dévier les rayons lumineux de leur
route, lorsqu'ils passent de l'air dans l'eau, est un phénomène général. Toutes les fois qu'un rayon de lumière passe
d'un milieu quelconque dans un autre milieu de densité
différente, il change de direction. C'est ce phénomène qu'on
appelle *réfraction*.

JEANNE

Un corps plus ou moins dense, cela veut dire qu'il est plus
ou moins épais, n'est-ce pas, ma tante ?

MADAME REYNAUD

Soit. En termes plus précis, on dit qu'un corps est plus
dense qu'un autre quand sous le même volume il pèse davantage.

La réfraction est soumise à certaines lois que je vous expliquerai quand vous serez curieux de les connaître.

VALENTIN

Tout de suite, ma tante ; tout de suite, si tu le veux bien.

MADAME REYNAUD

Non, mon cher enfant; le moment n'est pas opportun. Il est temps de rentrer pour dîner, et le soir n'est pas une heure propice pour s'entretenir de la lumière. Demain après déjeuner, si vous avez toujours le même désir, je m'empresserai de donner satisfaction à votre légitime curiosité.

Et la petite troupe s'éloigna après avoir remercié les aimables pêcheuses de leur complaisance, en se promettant de revenir aussi pêcher au même endroit et de la même manière.

CHAPITRE VIII

LA RÉFRACTION

Pendant le dîner les enfants racontèrent à leur oncle la petite scène au bord du ruisseau, lui décrivirent la pêche à la pincette, qui leur avait montré que l'on ne voit pas où ils sont réellement les objets plongés dans l'eau, et madame Reynaud demanda à son mari s'il serait libre le lendemain matin, pour expliquer à ses neveux la cause de ce phénomène.

M. Reynaud déclina l'invitation et prétendit qu'il serait plus facile à sa femme qu'à lui de traiter familièrement un sujet dans lequel il craindrait d'être entraîné à faire intervenir plus ou moins de mathématiques. Les jeunes filles furent de cet avis, et madame Reynaud promit de s'exécuter de bonne grâce.

Le lendemain donc les enfants ne manquèrent pas de rappeler à leur tante la promesse qu'elle leur avait faite.

Elle commença, pour les préparer à l'entendre et à la comprendre, par leur rappeler les remarques et les réflexions qu'ils avaient faites au bord du ruisseau; puis elle les engagea à monter avec elle dans la pièce dont M. Reynaud avait fait une chambre obscure.

Tous quatre suivirent leur tante joyeusement et bruyamment, comme des enfants qui prennent du plaisir partout où ils le trouvent, même dans l'étude.

La porte, restée ouverte, laissait encore le jour pénétrer dans la chambre.

MADAME REYNAUD

Avant d'expliquer les lois, il faut bien constater les faits. Nous allons chercher ensemble à nous rendre compte expérimentalement de la façon dont les rayons lumineux se comportent quand ils passent d'un milieu dans un autre.

Voici un petit aquarium de verre que j'ai placé sur cette

RAYON LUMINEUX SE BRISANT EN ENTRANT DANS L'EAU.

table. Ses parois transparentes nous permettront de voir quel chemin suivra le faisceau de rayons que nous allons laisser entrer ici par le petit trou dont le volet est percé. Mais avant tout fermez la porte.

Vous le voyez, le faisceau lumineux raye l'air obscur et pénètre dans l'eau.

JEANNE

On voit clairement le rayon qui se brise en entrant dans l'eau.

VALENTIN

Il forme un angle dont le sommet est à la surface du liquide.

LOUIS

Le côté plongé se rapproche de la verticale; c'est bien visible.

MADAME REYNAUD

Puisque Louis et Valentin font de la géométrie, ils me permettront bien d'en faire un peu à mon tour.

MADELEINE

Ah! pas trop, ma tante. Ce doit être si ennuyeux, la géométrie!

MADAME REYNAUD

N'aie pas peur. Jeanne et toi, vous comprendrez cette géométrie-là. D'ailleurs on ne peut pas toujours s'amuser, et cela paraît meilleur ensuite.

Ouvrez la fenêtre, que nous voyions un peu clair pour tracer sur le tableau noir une figure de géométrie des plus simples.

Regardez bien. Je trace une ligne horizontale AB, qui représente la surface de l'eau, une ligne oblique SI, qui représente le rayon lumineux dans l'air : c'est le *rayon incident;* une ligne oblique IR, qui représente le rayon lumineux dans l'eau : c'est le *rayon réfracté.* Je mène, par le point d'immersion I, une perpendiculaire NN', à l'horizontale AB, c'est-à-dire que je trace une ligne verticale. Est-ce compris ?

MADELEINE

Jusqu'ici, oui.

MADAME REYNAUD

L'angle SIN s'appelle *angle d'incidence* et l'angle RIN *angle de réfraction.*

JEANNE

. Cela commence à s'embrouiller.

MADELEINE

Cela commence à ne plus être amusant.

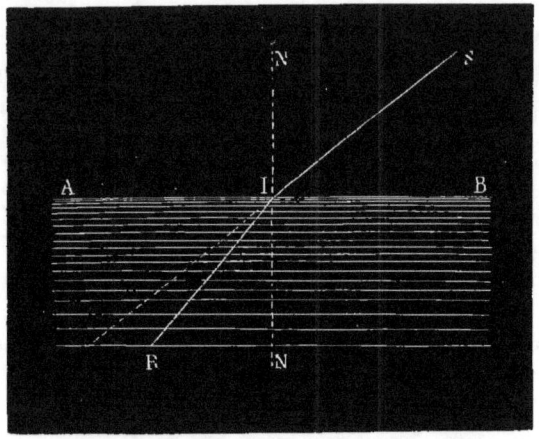

ANGLE D'INCIDENCE, ANGLE DE RÉFRACTION.

VALENTIN

Allons donc! Vous savez bien toutes les deux ce que c'est qu'une perpendiculaire?

JEANNE

Sans doute : c'est une droite qui ne penche ni d'un côté, ni de l'autre.

LOUIS

Vous savez bien aussi ce que c'est qu'une verticale?

JEANNE

Encore mieux : c'est une droite qui suit la direction du fil à plomb.

MADELEINE

Pour vous éviter la fatigue d'un plus long interrogatoire, je vous dirai même que la ligne horizontale est celle qui est perpendiculaire au fil à plomb.

VALENTIN

Vous savez bien encore qu'un angle est l'écartement plus ou moins grand de deux lignes droites?

MADELEINE

Ma science va jusque-là.

MADAME REYNAUD

Je ne t'en demande pas davantage. Vous possédez toute la science mathématique dont vous avez besoin pour me comprendre. Revenons à notre figure de géométrie.

Vous remarquez de vous-mêmes que la droite S I indique la marche du trait lumineux qui va du trou du volet à la surface de l'eau, et que la droite I R indique la marche de ce même trait lumineux dans l'eau.

LOUIS

J'avais bien raison de dire que le faisceau lumineux se rapproche de la perpendiculaire en entrant dans l'eau!

MADAME REYNAUD

Il en est toujours ainsi quand le rayon lumineux pénètre dans un milieu plus dense. Nous allons voir maintenant ce qui arrive quand le rayon lumineux passe d'un milieu quelconque dans un milieu moins dense; par exemple, de l'eau dans l'air.

Voici une cuvette sur le fond de laquelle je pose, juste au milieu, cette pièce de 20 francs. Rangez-vous tout autour à une distance telle que votre regard, rasant les bords de la cuvette, n'aperçoive plus la pièce d'or.

JEANNE, se reculant.

Je ne la vois plus.

LES AUTRES

Ni moi non plus.

MADAME REYNAUD

Voilà qui est bien. Je vais maintenant, sans que vous vous

ÉLÉVATION DU FOND D'UN VASE PAR LA RÉFRACTION.

dérangiez et sans déplacer la pièce de 20 francs, la faire reparaître à vos yeux, tout simplement en versant dans la cuvette l'eau de cette carafe.

MADELEINE

A mesure que tu verses l'eau, la pièce d'or semble monter avec le fond de la cuvette.

LOUIS

Elle devient de plus en plus visible.

JEANNE

Elle apparaît tout entière.

VALENTIN

C'est un phénomène semblable à celui que nous avons remarqué hier quand le ruisseau nous a paru moins profond qu'il ne l'était.

JEANNE

En effet la cuvette semble bien moins profonde maintenant que lorsqu'elle était vide.

MADAME REYNAUD

Cette fois nous devons considérer le rayon lumineux comme partant de la pièce pour arriver à notre œil.

Supposons, en nous servant de la figure déjà tracée au tableau, le point de départ en R : la droite R I indique alors sa marche dans l'eau, et la droite IS sa marche dans l'air. Dans ce cas, le *rayon incident* est RI et le *rayon réfracté* est IS.

VALENTIN

Et nous pouvons voir que, contrairement à ce qui avait lieu quand le rayon lumineux passait de l'air dans l'eau, le rayon réfracté s'éloigne de la perpendiculaire.

JEANNE

Attendez. Laissez-moi dire, pour voir si j'ai bien compris. Tout à l'heure, quand le rayon lumineux passait d'un milieu dans un milieu plus dense, *l'angle d'incidence* était SIN et *l'angle réfracté* RIN'; maintenant, au contraire, que le rayon lumineux passe d'un milieu dans un autre moins dense, *l'angle d'incidence* est RIN' et *l'angle réfracté* NIS.

MADELEINE, se piquant au jeu.

Ce qui revient à dire que lorsque les rayons lumineux entrent dans un milieu plus dense, ils se réfractent en se rapprochant de la perpendiculaire, et que quand ils entrent dans un milieu moins dense, ils s'en éloignent.

JEANNE

Tu vois, ma tante, que j'ai fait grande attention à tout ce que tu nous as expliqué ; mais toutes ces figures de géométrie ne nous disent pas *pourquoi* nous ne voyons pas les choses où elles sont.

LOUIS

O cervelle indocile!
Faut-il qu'avec les soins qu'on prend incessámment. . . .

MADAME REYNAUD

Du tout. Jeanne a raison d'insister; on ne doit jamais se rendre avant d'avoir compris.

Quand nous ne voyons pas les objets où ils sont réellement, c'est que, au lieu de les apercevoir dans la direction des rayons qui en émanent, nous les apercevons dans la direction

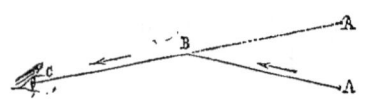

PROLONGEMENT DU RAYON RÉFRACTÉ.

que conserve le rayon au moment où il est arrivé à notre œil.

Vois. Dans cette nouvelle figure que je dessine au tableau, le point lumineux A envoie son rayon dans la direction AB et, se réfractant en B lorsqu'il change de milieu, il parvient en C à l'œil, qui le voit en A' dans la direction C B A'.

JEANNE

Alors nous avons vu la pièce de 20 francs sur le prolongement des rayons réfractés?

MADAME REYNAUD

Précisément. Suppose qu'un point lumineux de la pièce soit en R dans la figure de géométrie qui t'a un instant alarmée, et que ton œil soit en S : tu dois voir le point lumineux en S' sur le prolongement du rayon réfracté I S.

MADELEINE, plongeant obliquement un crayon dans l'eau du vase posé sur la table.

Je ne m'explique pas encore facilement pourquoi mon crayon est brisé au point d'immersion.

MADAME REYNAUD

L'explication est la même que pour la pièce de monnaie. Quand on regarde la partie plongée d'un bâton, il arrive à l'œil un ensemble de faisceaux lumineux qui, réfractés dans

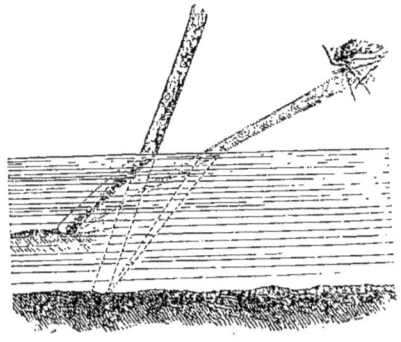

BATON BRISÉ

les conditions que vous savez, montrent le bâton d'où ils partent non où il est, mais à la place qu'il doit prendre suivant l'obliquité des rayons pénétrant dans l'œil. La figure que je dessine sur ce tableau achèvera de vous faire comprendre.

VALENTIN

Il demeure bien acquis pour nous jusqu'à présent que les rayons de lumière changent de direction en changeant de milieu; que le *rayon incident* SI et le *rayon réfracté* IR sont toujours dans un même plan perpendiculaire à la surface de séparation des deux milieux...

MADAME REYNAUD

Et qu'ils forment avec la perpendiculaire ou *normale* NN',

menée à ce plan par le point I, commun aux rayons et au plan.....

LOUIS, en lui coupant la parole.

... Un *angle d'incidence* SIN et un *angle de réfraction* RIN′ qui sont inégaux.

JEANNE

C'est vrai ; ils sont forcément inégaux, puisque le rayon réfracté se rapproche de la perpendiculaire dans un milieu plus dense et qu'il s'en éloigne dans un milieu moins dense.

MADELEINE

Ne peut-on pas évaluer cette différence ?

MADAME REYNAUD

Parfaitement. Vous avez été si attentifs, en dépit de la géométrie (je parle pour ces demoiselles), que je ne résiste pas à la tentation de vous montrer comment on compare entre eux l'angle d'incidence et l'angle de réfraction. Mais il faut ici redoubler d'attention, et pour peu que vous soyez fatigués, nous pourrions remettre la démonstration à une autre fois.

MADELEINE

Oh ! non, ma tante ; ta géométrie n'est pas trop farouche, elle ne me fait plus peur. Nous t'écoutons de tous nos yeux et de toutes nos oreilles.

MADAME REYNAUD

Puisqu'il en est ainsi, nous allons déduire d'une expérience des plus simples une loi fort intéressante.

Voici un demi-cylindre de verre. (Vous voyez, c'est comme si nous avions coupé en deux parties égales suivant son axe un cylindre de verre plein.) Voici, dis-je, un demi-cylindre de verre que Valentin et Louis vont prendre par ses deux extrémités, en ayant soin de le maintenir horizontalement, la surface courbe en bas.

Je pose sur la section plane de ce demi-cylindre un rectangle de carton au milieu duquel je perce un petit trou avec
une épingle. Je courbe cet autre morceau de carton, juste de
même grandeur que la surface courbe du demi-cylindre de
verre, et je l'ajuste de manière à compléter la surface cylindrique. Je perce cette surface courbe de carton de trois trous :
l'un verticalement au-dessus du trou percé dans le rectangle
de carton, les deux autres plus ou moins bas, dans le même
plan perpendiculaire à l'axe du cylindre.

Vous allez savoir pourquoi ces apprêts. Allumez ce rat de
cave et fermez la porte, pour que nous distinguions mieux les
points lumineux.

Si nous présentons la lumière au trou le plus élevé du

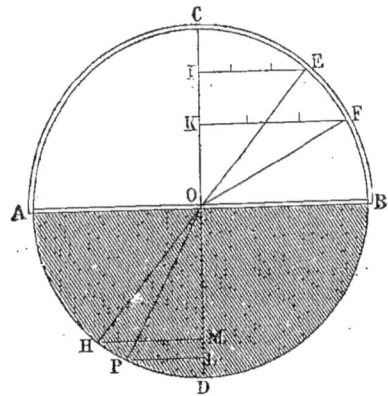

demi-cylindre de carton, les rayons qui passeront par le trou
percé dans le carton plat ne se réfracteront pas, et vous les
recevrez dans votre œil, placé sous le demi-cylindre de verre,
suivant le prolongement de la verticale.

Si nous présentons la lumière au deuxième ou au troisième
trou de la surface du carton courbe, les rayons obliques qui
passeront par le trou percé dans le carton plat seront réfractés et n'arriveront plus à votre œil, placé sur le prolongement du rayon incident.

Je vais représenter graphiquement cette expérience, pour vous mieux faire comprendre ce qui se passe ici.

Nous supposerons que nous avons coupé le cylindre, reconstitué par les deux demi-cylindres de verre et de carton, suivant le plan, perpendiculaire à son axe, passant par le trou O du carton plat et par les trous C, E, F percés dans le carton courbe.

Le demi-cercle ADB représente la section du demi-cylindre de verre, et la demi-circonférence ACB la section du demi-cylindre de carton qui complète la surface cylindrique.

Quand la lumière est placée en C, elle envoie par le point O des rayons qui, étant perpendiculaires à la surface de séparation des deux milieux, l'air et le verre, ne se réfractent point ; et c'est pour cela que vous voyez le point lumineux C quand votre œil est en D.

Mais quand la lumière est placée en E, le faisceau de rayons EO se réfractant en pénétrant dans le verre, vous ne pouvez apercevoir le point E qu'en plaçant votre œil en P, et vous remarquez que l'angle de réfraction POD est plus petit que l'angle d'incidence EOC. Si nous menons la perpendiculaire EI sur la verticale CO et la perpendiculaire PL sur la verticale OD, et que nous les mesurions, nous trouverons que la perpendiculaire EI est une fois et demie plus grande que la perpendiculaire PL.

Lorsque nous ferons passer la lumière en F, le faisceau FO se réfractera encore davantage, et vous ne pourrez apercevoir le point lumineux F qu'en plaçant votre œil en H. Vous constaterez une fois de plus que l'angle de réfraction HOD est plus petit que l'angle d'incidence FOC et que la perpendiculaire FK, abaissée sur CO, est aussi une fois et demie plus grande que la perpendiculaire HM menée sur OD.

LOUIS

C'est sans doute à l'aide de ces perpendiculaires qu'on apprécie la valeur de l'angle d'incidence et de l'angle de réfraction.

MADAME REYNAUD

Oui, et dans ce cas particulier ces perpendiculaires s'appellent *sinus*. Les sinus sont toujours dans un rapport constant. Ainsi dans l'expérience que nous venons de faire, où les rayons lumineux passaient de l'air dans le verre, le *sinus* de l'*angle d'incidence*, puisqu'il faut l'appeler par son nom, étant représenté par trois unités de mesure, le *sinus* de l'*angle de réfraction* sera représenté par 2; c'est-à-dire que le premier sinus sera au second dans le rapport de 3 : 2.

Quel que soit le nombre des épreuves, les *sinus* de tous les *angles d'incidence* dans l'air et les *sinus* de tous les *angles de réfraction* dans le verre seraient toujours dans le rapport de 3 : 2.

MADELEINE

C'est une curiosité.

JEANNE

Dont je ne demande pas l'explication !

LOUIS

Et quand les rayons lumineux passent de l'air dans l'eau, le rapport est-il le même ?

MADAME REYNAUD

Certainement non. Le rapport est constant pour deux mêmes milieux déterminés, mais il est différent pour les différents milieux. Ainsi, quand les rayons passent de l'air dans l'eau, le rapport est 4 : 3.

VALENTIN

Ce qui signifie, je crois, que le sinus de l'angle d'incidence est une fois et un tiers de fois plus grand que le sinus de l'angle de réfraction...

MADAME REYNAUD

Très bien.

MADELEINE

Je comprends maintenant pourquoi nous ne voyons pas dans l'eau les objets où ils sont. Ainsi, pour attraper ma première écrevisse, j'aurais dû la prendre en avant d'où je la voyais.

LOUIS

Alors pour harponner le poisson, comme cela se fait dans certains pays, les pêcheurs doivent connaître les lois de la réfraction?

MADELEINE

Je suppose qu'ils n'ont pas appris leur métier par $a + b$, à l'aide de la géométrie, mais seulement par l'habitude.

VALENTIN

Quelle sûreté de coup d'œil doivent avoir les pêcheurs d'holothuries qui, dans l'océan Indien, harponnent le trépang à plusieurs brasses de profondeur!

MADAME REYNAUD

Et les chasseurs de brochets, qui, d'après les lois de la réfraction, que l'expérience seule leur a enseignées, visent le poisson non où ils le voient, mais où ils estiment qu'il se trouve!

MADELEINE

Que de choses j'ignorais!

JEANNE

Que de choses j'ignore encore et j'ignorerai toujours!

CHAPITRE IX

PHÉNOMÈNES DUS A LA RÉFRACTION

Dans la soirée la famille se trouvait réunie au salon. Les fenêtres ouvertes laissaient pénétrer dans la pièce un air doux et tiède qui s'était parfumé en passant au-dessus des plates-bandes de rosiers et d'héliotropes.

Madeleine, assise au piano, fredonnait en s'accompagnant. Madame Reynaud et Jeanne travaillaient près de M. Reynaud, qui parcourait un journal. Les garçons venaient de terminer une partie de dames et avaient pris chacun un livre.

Louis, qui ne pouvait jamais rester immobile, lisait tout en tapotant son genou avec une règle de verre dont il se servait de temps en temps pour aplanir les feuillets rebelles de son livre. Tout à coup il poussa une exclamation qui attira l'attention de tout le monde :

— Ma tante ! ma tante ! un phénomène de réfraction !

JEANNE

Oh ! Louis, que tu m'as fait peur ! Ne sois donc pas si turbulent.

MADELEINE, quittant le piano.

Qu'y a-t-il donc ?

LOUIS

Regardez : quand je pose cette règle de cristal sur mon livre et que je regarde obliquement, les lignes dévient en entrant sous la règle et ne paraissent plus se continuer.

MADAME REYNAUD

Cette déviation est en effet due à la réfraction, et elle serait encore plus sensible avec une règle plus épaisse.

JEANNE

Je suis sûre qu'à chaque instant nous rencontrons des phénomènes de ce genre et que nous n'y prêtons nulle attention.

VALENTIN

Il est évident que beaucoup d'objets doivent être déplacés et quelquefois même déformés pour notre œil, puisque les rayons sont toujours déviés quand ils changent de milieu, et que nous voyons les objets sur le prolongement des rayons au moment où ils pénètrent dans notre œil.

MADAME REYNAUD

Cela est très vrai. Les rayons réfractés qui émanent des corps éclairants et des corps éclairés n'arrivent souvent à notre œil qu'après une déviation plus ou moins grande.

M. REYNAUD

Il faut remarquer que la réfraction n'a pas seulement lieu entre deux milieux de nature différente. Elle se produit encore dans un même corps transparent dont la masse entière n'a pas la même densité.

Par exemple, un rayon qui passe d'une couche d'air dans une autre couche d'air plus ou moins dense se réfracte absolument comme s'il passait de l'air dans un milieu de nature différente. Nous trouverions bien des exemples de ce fait.

MADELEINE

Ne pourrais-tu nous en citer quelques-uns?

M. REYNAUD

Quand vous voyez le Soleil apparaître le matin comme un disque à l'horizon, croyez-vous que cet astre soit réellement au-dessus de l'horizon?

JEANNE

Je le croyais; mais j'entrevois que je me trompais, et que la réfraction nous joue encore un mauvais tour.

MADELEINE

Je pense plutôt que c'est un bon tour.

M. REYNAUD

En effet. Les rayons qu'envoie le Soleil à la Terre vont en droite ligne tant qu'ils ne quittent pas le milieu dans lequel se meuvent les astres et que l'on désigne sous le nom d'*éther*; mais lorsqu'ils entrent dans notre atmosphère, ils se réfractent de plus en plus en traversant les couches d'air, qui sont de plus en plus denses, et ils cheminent dans l'atmosphère suivant une courbe douce, et l'œil voit le Soleil dans le prolongement rectiligne des rayons qui le frappent.

MADAME REYNAUD

Il résulte de cette réfraction que le Soleil est relevé à peu près d'une quantité égale à son diamètre. C'est-à-dire qu'on le voit tout entier au-dessus de l'horizon quand son bord supérieur va dépasser l'horizon.

LOUIS

On le voit avant qu'il y soit!

MADELEINE

De même qu'on doit le voir quand il n'y est plus!

JEANNE

Alors, grâce à la réfraction, les jours sont plus longs qu'ils ne le seraient sans elle, puisque nous voyons le Soleil avant son lever et après son coucher?

MADELEINE

Tu vois donc bien que c'est un bon tour qu'elle nous joue.

LOUIS

C'est bien sûr à la réfraction qu'il faut s'en prendre des apparences bizarres qu'affectent parfois le Soleil et la Lune au moment où ils se lèvent ou se couchent. Il y a quelques jours

DÉFORMATION DU DISQUE SOLAIRE.

je regardais le Soleil couchant en me promenant dans l'allée de la Haie : il avait l'air d'un vieux chapeau déformé à coups de poings.

MADELEINE

Voilà une comparaison poétique!

VALENTIN

Il n'y a pas, bien entendu, que le Soleil et la Lune qui ne nous paraissent pas être où ils sont réellement?

MADAME REYNAUD

Sans aucun doute. Les planètes et les étoiles ne sont pas non plus où elles paraissent être. Le déplacement de ces as-

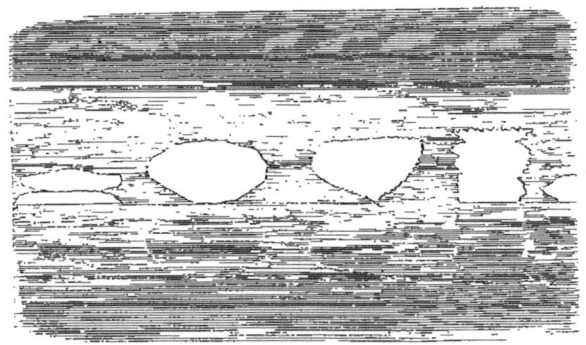

DÉFORMATIONS DU DISQUE SOLAIRE.

tres est d'autant plus grand qu'ils sont plus près de l'horizon, car la réfraction augmente avec l'obliquité.

VALENTIN

Il n'y a donc que les étoiles que nous voyons au zénith qui y soient réellement.

JEANNE

Pourquoi?

MADAME REYNAUD

Cela résulte clairement de ce que les rayons qui rencontrent perpendiculairement, normalement si tu veux, la surface de séparation des milieux, ne se réfractent pas. C'est ce que je vous ai fait remarquer avec notre demi-cylindre de verre, quand la lumière était présentée au trou le plus élevé percé dans le carton courbe.

JEANNE

Oh! je me souviens.

LOUIS

Est-ce aussi par la réfraction qu'on peut expliquer un fait qui m'étonne toujours? L'hiver, quand le poêle est allumé, je remarque souvent que les objets que je vois de l'autre côté, à travers la mince couche d'air chauffée par la surface du poêle, sont déplacés et même un peu déformés.

M. REYNAUD

Oui; la couche d'air en contact immédiat avec le poêle, étant fortement chauffée, se trouvait moins dense que l'air environnant et les rayons lumineux qui, partant de ces objets, venaient raser le poêle, se réfractaient plus ou moins suivant la différence de densité.

Il se passait alors en petit dans la classe ce qui se passe en grand au désert. Ce n'est ni plus ni moins qu'un phénomène analogue au mirage.

MADAME REYNAUD

Voyons, Madeleine, dis-nous ce que tu sais du mirage.

MADELEINE

Je ne connais que le mirage dont parlent les récits de la campagne d'Égypte, et encore j'en connais les effets et non les causes.

Nos malheureux soldats, accablés par la chaleur, harassés par la fatigue, dévorés par la soif, étaient sur le point de se laisser aller au désespoir, quand tout à coup ils apercevaient au loin, devant eux, un village, une oasis, qui se mirait dans un lac. Ils reprenaient courage et retrempaient leurs forces et leur énergie dans l'espérance. Ils marchaient, marchaient

LE MIAGE.

LA PLUIE.

6

toujours; mais le village, et l'oasis, et le lac semblaient fuir devant eux et finissaient par s'évanouir. Ce village, cette oasis,
ce lac, hélas! ce n'était qu'une illusion d'optique!

JEANNE

Qu'est-ce qui produit le mirage, ma tante?

MADAME REYNAUD

Il y a là un phénomène de réfraction trop compliqué pour
que je puisse t'en donner une explication théorique. Il faudrait pour cela te faire comprendre que lorsque l'angle de
réfraction est plus grand que l'angle d'incidence, il y a des
rayons très obliques qui, se redressant, sont réfléchis. Ce serait peut-être trop obscur pour toi, et j'y renonce.

M. REYNAUD

Je vais pourtant essayer de vous donner du mirage une ex-
lication familière.

Quand le temps est calme, le soleil ardent de l'Égypte
chauffe fortement le sol sablonneux des grandes plaines de ce
pays. Les couches d'air en contact avec ce sable brûlant
sont fortement dilatées, et la densité des couches va en dé-
croissant de haut en bas.

Voyons maintenant ce qui arrive dans le phénomène du
mirage.

Louis, passe-moi cette feuille de papier et ce crayon : une
figure vous fera mieux comprendre.

Imaginons un rayon partant du point A, au sommet de cet
arbre qui sera, si vous voulez, un dattier, et suivant la direction A I, puis la direction I' et I". A mesure qu'il passera dans
des couches d'air de moins en moins denses, il tendra à s'é-
loigner de la perpendiculaire, c'est-à-dire à se relever de plus
en plus en approchant du sol, et il devra alors rencontrer une
couche d'air sous un angle d'incidence trop grand pour qu'il
puisse se réfracter : il sera donc réfléchi par cette couche

comme par un miroir et suivra un chemin symétrique à celui qu'il a suivi dans ses réfractions successives.

C'est ainsi que ce rayon parviendra en O à l'œil de l'observateur, qui verra le point lumineux A en A', dans une position symétrique. Comme nous en pouvons dire autant des rayons

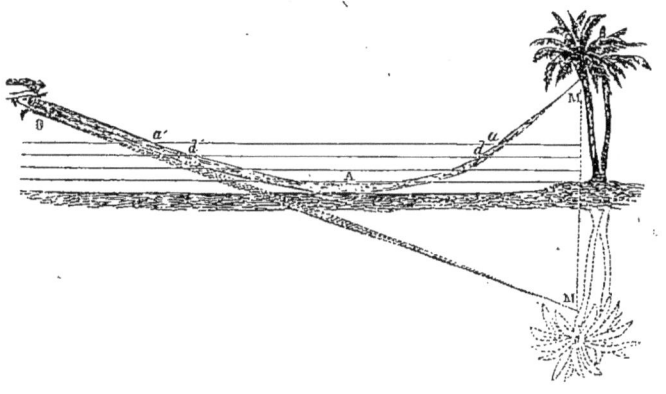

THÉORIE DU MIRAGE

qui partent de tous les points de l'arbre pris pour exemple, l'observateur verra l'image du dattier renversée, sans toutefois perdre de vue le véritable dattier. Il pourra donc croire qu'il y a autour de cet arbre, comme nos soldats croyaient en voir autour du village dont parlait Madeleine, de l'eau dans laquelle il se mire. Voilà le cas le plus simple du mirage.

JEANNE

Est-ce que ce phénomène n'arrive qu'en Égypte?

MADAME REYNAUD

Non. On parle surtout des mirages d'Égypte parce que ce sont les plus sensibles et les plus fréquents ; mais il s'en produit partout où les couches d'air, par une cause ou par une autre, sont de densités différentes et disposées dans des conditions particulières.

M. REYNAUD

Il vous est facile de concevoir combien d'exemples de réfraction vous pourriez citer en observant ce qui se passe autour de vous.

MADAME REYNAUD

Ainsi, c'est la réfraction qui fait dévier si singulièrement la lumière dans les prismes.

VALENTIN

Et dans les verres de lunettes.

MADELEINE

Et dans les bouchons de carafe.

JEANNE

Et aussi dans les carafes.

LOUIS

Et même dans les carreaux de vitres.

MADAME REYNAUD

N'avez-vous jamais remarqué les apparences bizarres que prennent les poissons rouges enfermés dans un bocal?

LOUIS

Oh! sont-ils drôles! Ils s'allongent, s'allongent; puis les voilà qui se rapetissent, qui s'enflent comme la grenouille qui veut imiter un bœuf et... ils crèvent, c'est-à-dire qu'ils disparaissent un instant pour reparaître encore plus déformés!

JEANNE

Je ne me doutais guère, en contemplant leurs évolutions et les voyant changer à chaque instant de forme et de dimensions, que j'assistais à un phénomène de réfraction.

MADELEINE

Comme on apprend des choses quand on regarde autour de soi !

MADAME REYNAUD

Vous avez raison, mes enfants ; la réfraction n'est pas seule à nous présenter des phénomènes intéressants ; il s'en accomplit journellement, constamment, d'aussi curieux sous nos yeux ; mais il faut les voir.

VALENTIN

Et pour cela il faut apprendre à regarder.

LES VENTS

CHAPITRE X

POIDS DE L'AIR

Le ciel était encore pur, le Soleil resplendissait toujours ; mais la température avait baissé, et le vent soufflait avec quelque violence, secouant les branches des arbres, dont les feuilles s'agitaient comme autant de papillons verts qui battraient des ailes.

La surface du ruisseau et celle de la pièce d'eau se plissaient et ne reflétaient qu'en tremblotant le grand saule et le petit pont, les peupliers et les roseaux du rivage.

La famille, encore réunie dans la salle de verdure, avait quelque peine à s'abriter contre le vent ; les journaux s'envolaient de la table, les feuillets des livres se retournaient tout seuls avant que la page ne fût lue, le fil et la laine des travailleuses se tordaient, se nouaient et se cassaient.

MADELEINE

Il est bien gênant, ce vent ; me voilà toute décoiffée.

LOUIS

Quel grand malheur !

VALENTIN

Tu n'es jamais contente. Hier, tu avais trop chaud, et pour

suppléer au vent qui te manquait, tu t'en faisais avec ton éventail; aujourd'hui que tu es servie à souhait et que tu es éven-
tée sans fatigue, tu te plains encore.

MADELEINE, *écartant des deux mains les petits cheveux*
qui lui viennent dans les yeux.

Tu plaisantes! Ce n'est pas du tout la même chose. Avec
mon éventail je me fais de l'*air*, je le dirige dans le sens convenable et je mesure juste la quantité dont j'ai besoin; tandis
que ce *vent* malappris souffle sans mesure et toujours dans la
même direction.

LOUIS

C'est dommage que tu n'aies pas un petit zéphyr docile à
ton service.

MADELEINE

Ce serait fort commode et très agréable.

VALENTIN

Oh! bien, moi, j'aime le vent. C'est si bon! ça vous ragail-
lardit. On enfle les narines, on en a plein les poumons.

MADELEINE

Moi, je n'aime pas le vent; c'est trop brutal. J'envie la puissance d'Éole, qui savait renfermer dans des outres les Borées
et les Aquilons.

JEANNE

J'espère que Madeleine est savante!

MADAME REYNAUD

Est-ce là, Madeleine, tout ce que tu sais sur la théorie des
vents?

MADELEINE

Je n'ai jamais pensé qu'il fût nécessaire d'en savoir davantage.

VALENTIN

J'avoue humblement que je n'en sais pas beaucoup plus long.

LOUIS

J'ai bien peur de n'en pas savoir plus que vous.

JEANNE

Nous n'avons pas l'air plus avancés sur ce point les uns que les autres.

VALENTIN

Tu devrais bien, mon oncle, nous dire ce que c'est que le vent et comment il se forme.

MADELEINE

Oui; car nous savons tous, y compris moi, que ce n'est pas Éole qui déchaîne à sa fantaisie les vents et les ouragans.

M. REYNAUD

Je suis toujours disposé à vous apprendre ce que vous désirez savoir. Votre bonne volonté me rend très facile un enseignement très agréable.

MADAME REYNAUD

Avant de leur parler des mouvements de l'air, c'est-à-dire des vents, il ne serait peut-être pas inutile de s'assurer qu'ils savent ce que c'est que l'air.

LOUIS

C'est un gaz qui entoure la terre, dans lequel nous vivons et sans lequel nous ne pourrions exister.

MADAME REYNAUD

C'est bien vague. Ton signalement est exact, mais fort incomplet.

M. REYNAUD

Tu n'auras fait connaissance avec l'air qu'en étudiant ses qualités et sa manière d'être.

MADAME REYNAUD

Vous savez tous que l'air est une matière gazeuse.

JEANNE

Voilà des mots qui ne vont guère ensemble. J'ai appris dans mon traité de physique qu'on entend par *matière* tout ce qui peut tomber sous nos sens;... or je ne vois pas l'air.

LOUIS

Comment peux-tu douter que l'air soit une matière, quand on le voit, dans ses mouvements plus ou moins brusques, plus ou moins terribles, déranger l'harmonie des papillotes de Madeleine, nous souffleter ou nous caresser, renverser les édifices et déraciner les arbres?

MADAME REYNAUD

Ce qui démontre le mieux la matérialité de l'air, c'est son poids; c'est là le principal caractère qui distingue la matière.

MADELEINE

L'air est donc pesant? Les gaz sont donc pesants?

JEANNE

Comment seraient-ils pesants, puisque, au lieu de tomber, ils montent? Voyez plutôt la fumée qui s'élève de cette cheminée là-bas?

M. REYNAUD

Dis-moi, Jeanne, si tu plongeais un bouchon au fond d'un seau d'eau, y resterait-il? Ne remonterait-il pas justement au-dessus?

VALENTIN

Oui, parce que sous le même volume le liège est plus léger
que l'eau.

JEANNE

C'est bien différent. Le bouchon dans l'eau, c'est un corps
solide dans un liquide; tandis que la fumée dans l'air, c'est
un gaz dans un gaz.

VALENTIN

Donc il y en a un plus léger que l'autre.

M. REYNAUD

C'est une loi générale. Les liquides et les gaz se superposent
dans l'ordre de leur densité, les plus légers au-dessus des plus
lourds; ils savent très bien prendre leur rang tout seuls sans
qu'on les y aide.

Cette fumée est plus légère que la couche d'air qu'elle rencontre au haut de la cheminée : elle s'élèvera jusqu'à ce qu'elle
trouve sa place dans des couches de densité égale.

MADAME REYNAUD

Je ferai faire à Jeanne et à Madeleine, avec de l'eau et du vin,
une gentille expérience qui leur montrera que les liquides se
comportent absolument de la même façon.

LOUIS

En quoi consiste cette expérience?

MADAME REYNAUD

On emplit de vin rouge un petit flacon au goulot duquel on
ajuste un tuyau de plume. On place ce flacon au fond d'un bocal de verre blanc rempli d'eau, et l'on voit alors s'élever en
un mince filet rouge, à travers la masse d'eau, le vin, qui vient
jusqu'à la dernière goutte se placer à la surface de l'eau.

JEANNE

C'est bien étonnant. On a déjà tant de peine à faire tenir le vin au-dessus de l'eau en le versant avec précaution.

MADELEINE

Tu disais, mon oncle, que l'air est pesant. Comment s'en est-on assuré ? Car enfin on n'a pas pu peser de l'air.

M. REYNAUD

C'est ce qui te trompe, et le moyen employé est bien simple. On pèse un ballon de verre convenablement fermé par un robinet, on y fait ensuite le vide et on le pèse de nouveau : il est évident que la différence de poids indique le poids de l'air qui était renfermé dans le ballon.

JEANNE

Ce ne doit pas être bien lourd ?

M. REYNAUD

En se plaçant dans les meilleures conditions, on a constaté qu'un litre d'air pèse 129 centigrammes.

JEANNE

Tant que cela ! Alors comment se fait-il que nous ne soyons pas écrasés par notre atmosphère, qui renferme des milliards de milliards de litres d'air ?

MADAME REYNAUD

Voilà une question judicieuse et que j'attendais. Ne serez-vous pas effrayés de savoir que chacun de nous supporte en moyenne un poids d'air de 15 500 kilogrammes ?

LOUIS

Faut-il que nous soyons forts, sans le savoir !

M. REYNAUD

Si cette énorme pression s'exerçait seulement dans le sens

vertical, je n'ai pas besoin de vous dire qu'aucune force humaine ne serait capable de la supporter, et vous voyez au contraire que nous conservons toute la liberté de nos mouvements. L'air nous entourant de tous côtés, la pression s'exerce en tous sens et se neutralise. Du reste les fluides que renferme notre corps font, par leur élasticité, équilibre à la pression de l'air.

MADELEINE

Ah! je respire! je commençais déjà à me sentir étouffée sous ce poids de 15 500 kilogrammes!

LOUIS

C'est bien autre chose que mes haltères, que tu peux à peine soulever!

JEANNE

Qu'est-ce qui arriverait si cette pression cessait de s'exercer sur nous?

MADAME REYNAUD

Il se passerait à la surface entière de notre corps ce qui se passe localement dans l'application des ventouses : notre peau enflerait, se boursouflerait sous l'action élastique des fluides internes.

LOUIS

Parbleu! nous éclaterions comme des ballons trop gonflés.

MADAME REYNAUD

Vous pouvez constater vous-mêmes que la pression atmosphérique s'exerce aussi bien de bas en haut que de haut en bas. Remplissez complètement d'eau un verre quelconque et

PRESSION ATMOSPHÉRIQUE
SOUS UN VERRE RENVERSÉ

recouvrez-le d'une feuille de papier : vous pourrez retourner ce verre plein sans qu'il s'en échappe une seule goutte d'eau.

MADELEINE

N'est-ce pas la feuille de papier qui empêche l'eau de s'échapper ?

MADAME REYNAUD

Le papier ne sert qu'à établir une solidarité entre les molécules de la surface liquide et à empêcher qu'elles n'obéissent individuellement à l'action de la pesanteur.

VALENTIN

Tu disais tout à l'heure, mon oncle, qu'il a fallu faire le vide dans le ballon de verre pour connaître le poids de l'air qui y était enfermé ; on n'a donc su que l'air est pesant qu'après l'invention de la machine pneumatique ?

M. REYNAUD

Plusieurs savants avaient, comme Galilée, montré que l'air est pesant, sans toutefois pouvoir déterminer son poids d'une manière exacte. Au lieu d'enlever l'air renfermé dans un ballon de verre, les expérimentateurs en introduisaient davantage à l'aide d'un soufflet et avaient déduit cette conclusion : puisque le poids du ballon augmente quand on y ajoute de l'air, c'est que l'air est pesant. C'était tout ; mais sur le poids réel, rien d'exact, rien de précis.

MADAME REYNAUD

On était bien loin de penser qu'on allait trouver un moyen de peser même l'atmosphère tout entière, avec autant d'exactitude que si elle était placée sur le plateau d'une balance.

JEANNE

Comment ! on a pu peser la masse d'air qui entoure la terre ?

M. REYNAUD

C'est l'histoire d'une des plus grandes découvertes scientifiques qui aient été faites. Les faits sont simples, ils ont déjà été racontés bien des fois, mais peut-être pas avec l'exactitude que je vais y mettre et que je puis vous garantir.

Depuis près de neuf ans l'illustre Galilée avait été condamné par la sainte Inquisition à *abjurer*, *maudire* et *détester* la doctrine *fausse*, *absurde*, *formellement contraire aux saintes Écritures* qu'il avait enseignée dans un de ses livres. Il avait, en outre, été condamné à être enfermé à perpétuité dans les prisons du Saint-Office, et tout cela pour avoir commis le crime abominable d'apprendre aux hommes de son temps ce que tout le monde admet aujourd'hui, à savoir : que la Terre tourne sur elle-même en tournant autour du Soleil !

VALENTIN

J'ai lu dans certains livres qu'il avait été mis à la torture et enfermé dans un cachot.

MADELEINE

Et moi j'ai vu des tableaux représentant ces horreurs.

MADAME REYNAUD

Ce n'est pourtant pas vrai. C'était déjà bien assez cruel d'obliger un homme de génie à donner un démenti public à la vérité et de le séparer du reste des hommes.

M. REYNAUD

Non; Galilée avait atteint l'âge qui exemptait de la torture les malheureux accusés, et il n'y fut pas soumis. Il avait d'ailleurs pour amis des membres influents du Saint-Office et le pape lui-même qui n'auraient pas toléré ces atrocités. On se contenta finalement de l'interner à Arcetri, dans une petite villa qu'il possédait aux environs de Florence et dans le voisinage du couvent de Saint-Matthieu, où deux de ses filles étaient religieuses.

C'est dans cette petite villa d'Arcetri que fut faite la célèbre découverte dont je vais vous parler.

Torricelli, disciple de Galilée, et non pas son élève, comme on l'a souvent écrit, n'était connu de Galilée que de réputation. Jeune encore, il avait justifié par des calculs originaux le mouvement de la Terre, dans un travail qui avait été communiqué à Galilée. Depuis ce temps, le vieux et le jeune savant avaient désiré se voir et se réunir. Cette réunion, toujours empêchée, n'eut lieu qu'en 1642, trois mois avant la mort de Galilée. Torricelli avait alors trente-quatre ans.

Quand il arriva à Arcetri, il trouva Galilée malade, épuisé, aveugle depuis quatre ans, vivant dans l'isolement, presque dans l'abandon. Ses filles étaient cloîtrées, son fils Vincent, éloigné, ne vint que pour lui fermer les yeux, et son vieux et brave domestique venait de mourir entre ses bras.

Pourtant l'accueil fut loin d'être triste : les deux grands hommes voulaient se connaître, et ils se connurent si vite et si bien, que la mort de Galilée put seule les séparer.

C'est pendant le séjour de son sympathique visiteur que Galilée reçut la visite des fontainiers de Florence, qui venaient, au nom du grand-duc, lui demander pourquoi l'eau ne s'élevait pas au-dessus de 32 pieds dans leur pompe parfaitement construite.

LOUIS

Oui, je connais l'histoire. Comme on enseignait alors que l'eau montait dans les pompes parce qu'on y faisait le vide et que la nature a horreur du vide, Galilée fut contraint de répondre aux fontainiers du grand-duc que la nature n'avait probablement horreur du vide que jusqu'à 32 pieds.

M. REYNAUD

Si Galilée eût fait cette réponse, ce n'eût été qu'une défaite ironique ; mais il est peu probable qu'un savant d'un si grand sens ait dit cette turpitude. Quoi qu'il en soit, la communication faite par les fontainiers avait frappé Torricelli, présent à la visite. Ce problème resta posé dans son esprit. Moins de trois mois après la mort de Galilée, il l'avait résolu.

Il partit de ce fait posé par Galilée : l'air est pesant, donc l'atmosphère presse la surface de la Terre de tout son poids, pour en conclure que cette pression s'exerçait aussi bien sur l'eau et devait la faire monter dans le corps de pompe où l'on a fait le vide, puisque rien ne fait plus équilibre à la pression.

Un disciple de Galilée, le grand maître de la méthode expérimentale, ne pouvait se contenter d'hypothèses et de spéculations théoriques ; il imagina une expérience que tout le monde a faite depuis et qui émerveilla tous les savants du XVIIe siècle.

Il se dit que si la pression de l'air soulève l'eau dans un corps de pompe, ce qui revient à dire dans un tube vide, jusqu'à 32 pieds, elle ne soulèvera le mercure, qui est 13 fois 59 centièmes de fois plus lourd que l'eau, qu'à une hauteur 13 fois 59 centièmes de fois moindre. La division de 32 pieds par 13,59 donna 28 pouces.

Torricelli, qui était professeur de mathématiques, n'avait pas à sa disposition ce qui eût été nécessaire pour faire l'expérience qu'il avait imaginée. Il écrivit à son ami Viviani, de Bologne, disciple aussi de Galilée, pour le charger de vérifier la justesse de sa conception. « Tu prendras, disait-il, un tube de verre d'une quarantaine de pouces, fermé à une extrémité. Tu l'empliras de mercure, tu fermeras l'extrémité ouverte avec le pouce ; tu plongeras cette extrémité dans une cuvette de mercure et tu retireras alors ton doigt. Si le mercure descend juste à 28 pouces, j'aurai découvert la cause de l'ascension de l'eau dans les pompes et supprimé le préjugé absurde de l'horreur du vide. »

VALENTIN

Nous ne savons pas ce que c'est qu'un pied ou un pouce.

M. REYNAUD

J'ai dû employer dans mon récit les termes usités autrefois
pour désigner les mesures de longueur. Vous n'avez qu'à convertir ces anciennes mesures en nouvelles. Trente-deux pieds
correspondront à $10^m,33$ et vingt-huit pouces à $0^m,76$.

J'espère qu'après les explications que je vous ai données
vous comprenez bien qu'une colonne d'eau de $10^m,33$ de hauteur ou une colonne de mercure de $0^m,76$ font également
équilibre à la colonne d'air qui a la même base, parce qu'elles
sont de même poids.

VALENTIN

Je conçois maintenant comment on peut évaluer le poids
de l'atmosphère ! On n'a qu'à calculer le poids d'une couche
de mercure qui aurait pour base la surface de la Terre et pour
hauteur $0^m,76$.

M. REYNAUD

Et ce poids atteint le chiffre énorme de 5 quintillions 268
quatrillions de kilogrammes !

JEANNE

Une fois qu'il y a de grands nombres comme celui-là, je suis
perdue.

MADAME REYNAUD

Concevrais-tu mieux le poids de l'atmosphère en le compa-
rant à celui de la Terre, dont il est à peu près la millionième
partie?

JEANNE

Je conçois toujours mieux la comparaison.

LOUIS

C'est déjà quelque chose.

VIVIANI RÉALISANT LA CONCEPTION DE TORRICELLI.

VALENTIN

Si dans le tube de Torricelli on mettait un liquide 2, 3, 4 ou 5 fois moins dense que le mercure, la colonne serait donc 2, 3, 4 ou 5 fois plus haute?

LOUIS

Évidemment.

MADELEINE

Le tube de Torricelli ressemble joliment à un baromètre.

MADAME REYNAUD

En effet, c'est le tube de Torricelli modifié qui est devenu le baromètre.

M. REYNAUD

Blaise Pascal, aussi célèbre dans les sciences que dans les lettres, a conclu de l'expérience de Torricelli que le mercure s'élèverait plus ou moins dans le tube suivant que la pression atmosphérique serait plus ou moins grande, et que, par conséquent, la colonne serait moins haute au haut d'une montagne qu'en bas, puisqu'il y aurait alors moins de couches d'air au-dessus du mercure.

Un fait curieux, c'est que Pascal, pas plus que Torricelli, n'a vérifié lui-même expérimentalement la justesse de sa conception. C'est son beau-frère Périer qui, sur son indication, ayant disposé un tube de Torricelli en bas, un second au milieu et un troisième au sommet du Puy de Dôme, constata que le mercure était d'autant moins élevé dans le tube que ce tube était placé plus haut sur la montagne.

Depuis ce temps cet instrument a servi à mesurer les pressions atmosphériques dans toutes les circonstances et n'a plus porté que le nom de *baromètre*.

JEANNE

Ce qui veut dire?

MADELEINE

Oh! quelle chercheuse d'étymologies!

JEANNE

J'aime à savoir la signification des mots.

LOUIS, affectant un ton de pédagogue.

Sachez, mademoiselle, que baromètre est composé des deux mots grecs *baros*, pesanteur, et *metron*, mesure. Comme *baros-metron* aurait l'air un peu rébarbatif, on en a fait baromètre, ce qui est beaucoup plus civilisé.

VALENTIN

Nous disions tout à l'heure que rien n'empêcherait de construire un baromètre avec un autre liquide que le mercure : a-t-on essayé?

M. REYNAUD

Sans doute. On peut voir à Sydenham, près de Londres, un baromètre à eau dont la colonne d'eau s'élève dans le tube à environ $10^m,36$, c'est-à-dire 13 fois et demie plus haut que la colonne de mercure, la densité de l'eau étant 13 fois et demie moindre que celle du mercure.

MADAME REYNAUD

Vous voyez tout de suite que les indications de pression atmosphérique y sont plus sensibles que dans le baromètre à mercure; mais les vapeurs qui se produisent à la partie supérieure du tube, au-dessus de la colonne d'eau, troublent les indications.

M. REYNAUD

Un autre baromètre monumental vient d'être essayé à l'observatoire de Kew. Cette fois, le mercure est remplacé par de la glycérine. Pour plus de solidité, le tube est en plomb, sauf

à la partie supérieure, qui est en verre, afin que les variations
du niveau soient visibles du dehors.

Les mouvements de ce baromètre sont comparés avec ceux
d'un baromètre-étalon à mercure, ce qui permet de vérifier si
les différences sont assez petites pour être négligées dans la
pratique.

La densité de la glycérine étant supérieure à celle de l'eau,
le baromètre de Kew est moins grand que celui de Sydenham ;
mais il atteint encore la taille respectable de 7^m,50.

MADELEINE

Comme ce doit être gênant et difficile à consulter des baromètres de 7 mètres et de 10 mètres de haut.

LOUIS

Et dans la gêne il n'y a point de plaisir. Est-elle amusante,
cette Madeleine ! Elle veut qu'on ait partout ses aises.

MADELEINE

Quand c'est possible sans nuire à personne, quel mal cela
fait-il ?

JEANNE

C'est dommage qu'on ne puisse pas faire de baromètres sans
un liquide quelconque : ce serait plus commode.

M. REYNAUD

Ton souhait est réalisé. On construit maintenant des baromètres dits *anéroïdes* qui sont complètement métalliques.
Ces petits baromètres, moins fragiles et plus facilement trans-
portables, n'ont ni tube ni mercure. Les ignorants n'y voient
qu'un cadran et des aiguilles et peuvent se demander par quel
secret artifice on a pu renfermer un tube vertical de 80 centimètres de haut dans une petite boîte de cuivre de 20 à 25 centimètres de diamètre. J'ai un baromètre anéroïde dans mon

cabinet, et je vous en expliquerai le mécanisme sur place; mais ce que je ne pourrai vous expliquer, pour le malheur de

BAROMÈTRE ANÉROÏDE

Jeanne, c'est ce mot *anéroïde* qui est un véritable barbarisme, et dont je craindrais de vous donner une fausse traduction.

MADELEINE

Il résulte de tout ce que nous venons d'apprendre que le vent n'est pas si léger que nous le pensions, et je commence à comprendre comment il peut parfois opérer tant de ravages.

LOUIS

A commencer par ceux qu'il s'est permis dans ta chevelure.

CHAPITRE XI

MADAME REYNAUD

Vous avez paru tantôt, mes enfants, bien édifiés sur le poids de l'air, et par conséquent sur sa matérialité ; mais savez-vous quelles matières, quels gaz le composent?

JEANNE

L'air n'est donc pas un corps simple?

MADELEINE

Certainement non.

VALENTIN

Nous savons que l'air est essentiellement formé de deux gaz, l'oxygène et l'azote.

LOUIS

Et qu'il renferme en volume 21 parties d'oxygène et 79 d'azote.

M. REYNAUD

L'atmosphère n'est pas seulement composée de ces deux gaz ; on y constate aussi la présence constante de l'acide carbonique, de la vapeur d'eau, et la présence accidentelle de l'ammoniaque, de l'acide nitrique et d'autres gaz.

JEANNE, riant.

Si l'on veut bien ne pas se moquer de moi, je demanderai encore d'où vient ce mot *gaz*, qui a une tournure tout originale.

MADELEINE

Ah ! c'est peut-être pour cela que la gaze s'appelle ainsi, à cause de sa légèreté.

M. REYNAUD

La ressemblance est toute fortuite; la gaze de Madeleine s'appelle ainsi de la ville de Gaza, d'où elle est originaire, et le gaz de Jeanne est d'origine allemande. C'est un vieux mot qui signifie *esprit, âme*, et qu'on a appliqué à tous les fluides aériformes découverts par la chimie, réservant spécialement le mot *air* pour désigner le gaz atmosphérique.

MADAME REYNAUD

Outre ses principes constituants, l'air tient encore en suspension des poussières que l'on peut voir flotter dans un rayon de soleil que reçoit un milieu peu éclairé, et d'autres poussières invisibles dont le microscope révèle la présence et que vous pouvez voir représentées sur cette gravure.

JEANNE

Comment ! nous respirons tout cela ?

MADELEINE

Décidément tout air n'est pas bon à respirer. Il doit y en avoir de bien des qualités.

MADAME REYNAUD

Assurément; mais tu touches là à une question qui nous entraînerait hors de notre sujet.

JEANNE

Puisque mon oncle, Louis et Valentin ont parlé d'oxygène
et d'azote, on peut toujours demander ce que c'est.

LOUIS

Et ce que ces noms veulent dire ; n'est-ce pas, Jeanne ?

M. REYNAUD

L'oxygène est le gaz vital par excellence, il entretient la
respiration et par conséquent la chaleur animale et la vie. Son
nom signifie *j'engendre les acides*, parce que ce gaz a la pro-

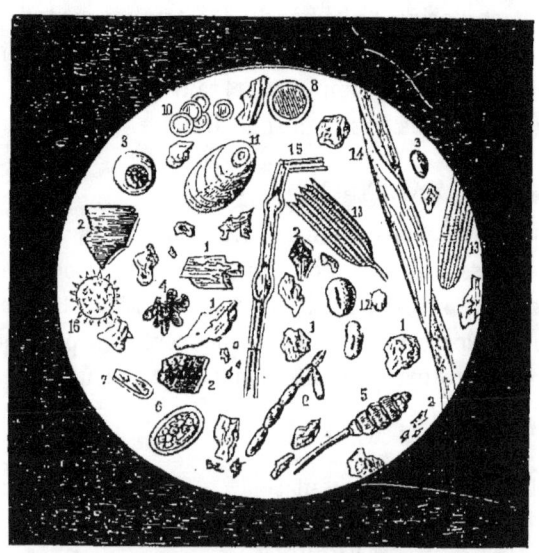

POUSSIÈRES DE L'ATMOSPHÈRE.

priété de former des acides en se combinant avec certaines
substances.

L'azote, au contraire, dont le nom signifie *sans vie*, donne
la mort aux animaux qui le respirent.

L'oxygène entretient la combustion; l'azote éteint les corps enflammés.

LOUIS

Ainsi l'air est composé de deux gaz de propriétés bien différentes : l'un qui apporte la vie et l'autre qui donne la mort.

M. REYNAUD

Ce n'est pas tout à fait exact; car l'azote n'est pas un poison, seulement il est impropre à la vie. Ensuite l'air n'est pas une combinaison intime, mais un simple mélange.

Ces noms *oxygène* et *azote* ont été donnés aux deux principes constituants de l'atmosphère par Lavoisier, célèbre chimiste français qui révéla la composition de l'air.

VALENTIN

Pauvre Lavoisier!

MADELEINE

En quoi est-il si à plaindre? C'est au contraire un titre de gloire que de faire des découvertes scientifiques.

MADAME REYNAUD

Je vois que tu ne connais pas son histoire; Jeanne l'ignore peut-être aussi, et Valentin fera bien de vous la raconter en quelques mots.

VALENTIN

Mon oncle s'en tirerait beaucoup mieux que moi et avec plus de profit pour nous tous.

M. REYNAUD

Volontiers; on a trop mauvaise grâce à se faire prier.

Lavoisier appartient bien à la France, dont il est une des gloires les plus pures. Né à Paris en 1743, de parents aisés, il fit au collège Mazarin des études si brillantes, que son père lui abandonna la propre direction de sa carrière. Possédé d'une soif ardente de s'instruire, il étudia l'astronomie avec l'abbé Lacaille, la botanique avec de Jussieu, la chimie avec Rouelle, la géologie avec Guettard, et tout cela non pas d'une façon superficielle, mais comme un homme qui veut exceller en tout. Cependant la chimie le reprit bientôt tout entier.

A vingt-deux ans il faisait couronner par l'Académie des Sciences un mémoire sur l'éclairage de la ville de Paris, et se livrait à ses premiers travaux de chimie.

En 1771 il épousa la fille d'un fermier-général et sollicita lui-même un pareil emploi pour s'assurer un revenu qui lui permît de subvenir aux dépenses nécessitées par ses recherches.

Son temps, parfaitement réglé, lui suffisait à mener de front les occupations les plus diverses. Toujours levé de bonne heure, il consacrait la matinée à la chimie, la journée à ses affaires, le dimanche aux travaux de laboratoire, les soirées à la rédaction de mémoires si importants et si nombreux, que les volumes de l'Académie ne purent les insérer tous : il en avait publié quarante-deux de 1772 à 1786 seulement ! Et n'allez pas croire que cette fécondité fût purement littéraire : chacun de ces mémoires marquait un progrès dans la science.

Un chimiste anglais, Priestley, avait découvert l'azote et l'oxygène; mais c'est à Lavoisier que nous devons la découverte des propriétés de l'oxygène, la composition de l'air et celle de l'eau.

Pendant que cet illustre savant se consacrait tout entier à ses travaux pacifiques, un danger terrible vint menacer sa vie. Il fut compris dans l'acte d'accusation qui enveloppait tous les fermiers-généraux convaincus de concussion, et condamné à mort par le tribunal révolutionnaire. Prévenu à temps par un ami qui lui procura un asile secret, il aurait pu y attendre en sûreté que le danger fût passé; mais, ayant appris

LAVOISIER DANS SON LABORATOIRE.

l'arrestation de son beau-père et celle de ses collègues, il alla
se constituer prisonnier. Le 8 mai 1794, six jours après le
dépôt de l'acte d'accusation, il montait sur l'échafaud, en
même temps que les collègues qu'il n'avait pas voulu abandonner dans la mort.

JEANNE

C'est épouvantable!

MADELEINE

Voilà une terrible histoire qui va terminer tristement la
soirée.

LOUIS

Et qui nous a emportés bien loin de la question des vents
que nous avons soulevée.

MADAME REYNAUD

Nous y reviendrons; mais il est tard, et nous ajournerons la
question à demain. Nous ferons bien d'abandonner l'air, qui
nous entraînerait à de trop longues digressions, si nous vou-
lions l'analyser et déterminer le rôle qu'il joue dans tous les
phénomènes terrestres.

CHAPITRE XII

Le vent soufflait avec violence, la salle de verdure n'était plus habitable, et les enfants, enfermés au salon, ne savaient à quoi s'occuper.

Louis et Valentin venaient de rentrer tout essoufflés d'une longue course en plein vent, les cheveux ébouriffés et les joues rouges comme des pivoines.

Jeanne allait, de ci, de là, par la chambre, se demandant si elle se mettrait à coudre ou à lire, jetant de temps en temps un regard mélancolique dans la direction des fenêtres.

Madeleine, debout à la porte qui donnait sur le perron, tambourinait machinalement sur les vitres du bout de ses doigts effilés, regardant les feuilles qui s'envolaient, tourbillonnaient, et les grandes branches chevelues des sapins qui se saluaient, se redressaient, se penchaient les unes vers les autres comme si elles voulaient se confier un secret, puis s'éloignaient subitement dans une direction opposée, prises d'un affolement incompréhensible.

JEANNE

Que regardes-tu donc avec tant d'attention, Madeleine?

MADELEINE

Je me demande ce que peuvent bien se dire les branches

des arbres, qui semblent prises d'une gaieté folle, tandis que nous sommes là tout attristés par le vent qui les secoue.

En ce moment M. et madame Reynaud entrèrent aussi dans le salon.

MADAME REYNAUD

Eh bien! mes enfants, voilà un temps de circonstance pour renouer l'entretien d'hier.

JEANNE

C'est cela. Moi, je demande tout de suite des explications sur le vent; nous allons le prendre sur le fait.

VALENTIN

D'abord sais-tu ce que c'est que le vent?

LOUIS

C'est de l'air en mouvement. Nous le savons tous.

MADAME REYNAUD

Savez-vous aussi quelles sont les causes qui le produisent et les circonstances qui le dirigent?

VALENTIN

Mon oncle nous a promis de nous apprendre tout cela.

MADELEINE

Parle, mon cher oncle; nous t'écoutons de toute notre attention.

JEANNE

Et nous comprendrons si nous pouvons.

M. REYNAUD

Pour que vous vous rendiez suffisamment compte des mouvements de l'atmosphère, vous n'avez qu'à me prêter l'attention que vous me promettez. J'invite seulement Jeanne à ne pas se faire accroire que cette petite science est au-dessus de sa portée.

JEANNE

Mon cher oncle, je t'assure que j'y mets toute ma bonne volonté. Ce n'est pas ma faute si mon intelligence...

MADAME REYNAUD

Cette chère Jeanne ! met-elle de l'ostentation à s'amoindrir !

M. REYNAUD

Je vais faire tout mon possible pour être clair, faites le vôtre pour me comprendre, et ne craignez pas de m'interrompre pour demander les explications dont vous croirez avoir besoin.

Vous savez ce qui se passe dans la cheminée quand le feu est allumé : l'air y monte à mesure qu'il s'échauffe et est remplacé par l'air froid qui vient du dehors.

MADÉLEINE

C'est facile à croire; on sent joliment les courants d'air qui vous glacent les oreilles et les épaules, quand on est assis au coin du feu.

M. REYNAUD

Vous pouvez constater la tendance de l'air chaud à se dilater, à s'élever, quand vous êtes dans une chambre dont la température est plus élevée que celle de l'extérieur, par une petite expérience.

Allumez trois des bougies qui sont sur la cheminée et entr'ouvrez la porte de la salle de billard, où il fait moins chaud qu'ici. Bon. Placez une bougie à terre, une au milieu de la porte et la troisième en haut. Que se passe-t-il?

MADELEINE

La flamme de la bougie placée à terre se dirige vers l'intérieur, tandis que celle de la bougie la plus élevée se dirige vers l'extérieur.

VALENTIN

Et que la flamme de la bougie du milieu reste verticale.

JEANNE

C'est une expérience bien facile.

MADAME REYNAUD

Et qui montre bien la circulation de l'air occasionnée par la chaleur.

CIRCULATION DE L'AIR OCCASIONNÉE PAR LA CHALEUR.

M. REYNAUD

Voilà un premièr fait qu'il était bon de constater pour le retenir à propos.

LOUIS

Cependant l'air n'est pas enfermé dans les champs comme
dans une chambre.

MADELEINE

Et il n'y a pas de cheminées qui emportent l'air dès qu'il est
chaud.

MADAME REYNAUD

Vous saisirez l'analogie tout à l'heure.

M. REYNAUD

Permettez-moi, avant d'aller plus loin, de vous rappeler ce
que vous savez tous, non pour rafraîchir votre mémoire, mais
pour poser des jalons qui nous guideront dans notre marche.

Vous savez donc que la Terre est ronde, qu'elle tourne sur
un axe dont les extrémités sont les pôles, et enfin qu'on la suppose divisée en cinq zones : la zone torride, placée entre les
deux tropiques et partagée en deux parties égales par l'équateur; les zones tempérées, entre les tropiques et les cercles po-
laires, et les zones glaciales, circonscrites par les cercles po-
laires, dont les pôles occupent le centre.

VALENTIN

Nous nous rappelons tout cela.

JEANNE

Oui; j'ai vu les cercles et les zones tracés sur le globe terrestre; mais je ne m'imagine pas quel rapport il peut y avoir
entre les zones et le vent.

LOUIS

Si tu le savais, tu n'aurais pas besoin de l'apprendre.

MADAME REYNAUD

Tu vas le voir : un peu de patience!

M. REYNAUD

Il est encore nécessaire de vous rappeler que le Soleil ne dépasse jamais les tropiques, et que la zone torride, recevant plus directement et parfois verticalement les rayons solaires, atteint une plus haute température que les autres zones.

JEANNE

Je comprends.

M. REYNAUD

Donc les couches d'air, chauffées plus fortement au contact de la terre dans ces régions, se dilatent et s'élèvent; ce qui occasionne une aspiration, un vide, qui est aussitôt rempli par l'air moins chaud des zones tempérées, lequel est remplacé à son tour par l'air froid des zones glaciales. Si bien qu'il s'établit dans chaque hémisphère un courant allant vers l'équateur : dans l'hémisphère boréal le courant part du pôle Nord, dans l'hémisphère austral il part du pôle Sud.

LOUIS

En un mot le même phénomène se passe de chaque côté de l'équateur.

VALENTIN

C'est clair : les deux courants sont symétriques.

JEANNE

Mais, puisque c'est l'air le plus chaud qui occupe le point le plus élevé, les couches supérieures de l'atmosphère, étant plus proches du Soleil, seront les premières chauffées et par conséquent resteront où elles sont.

MADAME REYNAUD

Je répondrai à l'objection naïve de Jeanne que la chaleur traverse l'air sans l'échauffer sensiblement.

M. REYNAUD

On soutenait encore du temps de Galilée que l'air ne pouvait pas s changer de température, et depuis il n'a pas été possible de déterminer jusqu'à quel point l'air a la propriété d'absorber la chaleur. On est seulement parvenu à établir que l'air s'échauffe d'autant plus facilement qu'il est plus chargé d'humidité, et l'on a constaté qu'il est d'autant plus sec, et par conséquent plus froid, qu'il s'élève davantage dans l'atmosphère.

VALENTIN

Je crois avoir parfaitement compris : le soleil échauffe davantage le sol et l'air humide des couches basses dans la zone torride, puisqu'il plane toujours au-dessus. Donc l'air, devenant plus chaud au contact du sol brûlant, s'élève et produit un tirage qui détermine un courant dans la direction des pôles à l'équateur.

MADAME REYNAUD

C'est bien cela.

LOUIS

Que devient l'air qui monte ainsi?

M. REYNAUD

Ces colonnes d'air dilaté s'élèvent à plusieurs kilomètres, dans des régions dont la hauteur ne peut être évaluée qu'approximativement ; elles s'étendent alors en nappes à peu près horizontales et forment dans les deux hémisphères un courant supérieur dirigé en sens contraire des courants inférieurs.

VALENTIN

C'est bien simple.

MADELEINE

C'est bien clair.

JEANNE

Pas si clair ni si simple que cela.

LOUIS

Je trouve que Jeanne a raison. S'il en était ainsi, ce serait le vent du nord qui règnerait dans les basses régions de l'atmosphère où nous vivons, et le vent du sud qui règnerait dans les hautes régions. Je crois bien que ce serait simple !

MADAME REYNAUD

Ton observation est fort juste. Les choses ne pourraient se passer ainsi que dans l'hypothèse où la Terre serait absolument immobile et où sa surface serait parfaitement lisse et dépourvue des inégalités qui entravent la marche du vent et le font dévier.

Or il n'en est pas ainsi. Comme vous le savez, la Terre tourne autour de son axe d'occident en orient; sa surface est sillonnée de chaînes de montagnes, et les terres et les eaux y sont fort inégalement distribuées : conditions qui influent puissamment sur la direction des vents.

MADELEINE

Quelle influence peut donc avoir la rotation de la Terre sur la direction des vents?

M. REYNAUD

Une très grande influence. On peut se convaincre, en regardant une sphère, que les cercles parallèles sont de plus en plus petits à mesure qu'ils se rapprochent des pôles. Il est alors évident qu'un point quelconque de ces parallèles aura une vitesse d'autant moindre que le parallèle sera plus petit.

LOUIS

C'est facile à concevoir. L'homme qui occupe un des points d'un cercle parallèle deux fois, trois fois plus petit qu'un autre, ayant deux ou trois fois moins de chemin à faire dans les vingt-quatre heures que met la Terre à tourner sur elle-même, aura une vitesse deux ou trois fois moindre.

JEANNE

C'est bien compris. Quand on regarde tourner la roue d'une voiture, on voit que les jantes tournent bien plus vite que le moyeu, qui n'a qu'un tout petit tour à faire dans le même temps.

M. REYNAUD

Bravo, Jeanne! Il en est de même pour la Terre. Ainsi la vitesse, qui est nulle aux pôles, est de 416 lieues par heure pour un des points de l'équateur.

MADAME REYNAUD

Et naturellement, entre ces deux extrêmes, il y a autant de vitesses décroissantes qu'on peut imaginer de parallèles entre l'équateur et les pôles.

M. REYNAUD

Cela dit, il faut encore admettre que l'atmosphère participe au mouvement de la Terre, et qu'une masse d'air se trouve soumise à peu près à la même vitesse que la portion de la surface terrestre qu'elle occupe.

En conséquence, l'air qui vient du nord dans l'hémisphère boréal et du sud dans l'hémisphère austral a une vitesse moindre que celle des parallèles qu'il traverse en se rapprochant de l'équateur.

VALENTIN

C'est évident.

M. REYNAUD

Il en résulte que le courant polaire, poussé vers le sud, sera rencontré par les hommes doués de la même vitesse que leur parallèle et leur paraîtra venir de l'est.

JEANNE

Ah! voilà déjà que ça s'embrouille! Comment admettre qu'un vent qui va du nord au sud paraisse aller de l'est à l'ouest.

M. REYNAUD

C'est pourtant bien simple. Nous qui sommes fixés à la surface de la Terre, nous tournons avec elle d'occident en orient, et, nous croyant immobiles, nous attribuons à l'air que nous rencontrons ce mouvement en sens contraire du nôtre.

JEANNE

Est-il prouvé que cela se passe ainsi?

LOUIS

Est-elle étonnante, ma sœur! Elle prétend toujours vérifier les opérations de son esprit comme on vérifie les opérations d'arithmétique, par des preuves matérielles!

MADAME REYNAUD

Eh bien, je demande à lui donner satisfaction au moyen d'un exemple.

LOUIS

Écoute, entends et médite.

MADAME REYNAUD

Quand tu es en wagon, assise près du vasistas ouvert, l'air, même quand le temps est au calme parfait, vient te fouetter le visage absolument comme si c'était toi qui fusses immobile et que l'air eût, en sens contraire, la même vitesse que le convoi. Est-ce vrai?

JEANNE

Très vrai. Je l'ai remarqué.

LOUIS

Sans cela ce ne serait pas vrai ; soyez-en persuadés !

MADAME REYNAUD

Si le vent avait la même vitesse que le train et soufflait dans le sens de sa marche, qu'arriverait-il ?

JEANNE, après avoir réfléchi.

Je pourrais croire que l'air est parfaitement calme.

MADAME REYNAUD

Et si le vent soufflait en sens inverse?

JEANNE

Alors sa vitesse me semblerait doublée, et je serais suffoquée.

MADAME REYNAUD

Et si enfin le vent venait perpendiculairement à la direction du convoi?

JEANNE

Il me paraîtrait souffler vers moi dans une direction oblique.

MADELEINE

Ces faits nous sont connus, et, en réfléchissant, je vois, par les exemples que ma tante vient de donner à Jeanne, que la vitesse des cercles parallèles, qui nous emporte bien plus rapidement qu'un train de chemin de fer, est bien supérieure à la vitesse du vent que nous rencontrons, et nous pouvons croire que ce vent vient en sens contraire.

VALENTIN

Et comme nous tournons d'occident en orient, ce vent nous paraîtra souffler d'orient en occident.

LOUIS

Pourtant, s'il en était ainsi pour nous, nous aurions toujours le vent d'est, et justement ce n'est pas celui que nous avons le plus souvent.

MADAME REYNAUD

Soyez patients! la question est complexe; attendez le moment où votre oncle pourra vous parler des vents variables de notre pays. Auparavant il faut qu'il vous explique la théorie générale du vent et vous initie aux mouvements réguliers de l'atmosphère, qui, sous l'influence de causes permanentes, constituent une véritable circulation.

CHAPITRE XII

M. REYNAUD

Je reprends ma première explication.

Je vous disais donc que l'air, plus chauffé dans la région équatoriale, se dilatait, s'élevait, occasionnait un appel, un tirage, comme dans une cheminée, et que le vide ainsi produit par la dilatation était rempli par l'air plus froid qui, des deux côtés de l'équateur, venait des régions tempérées en produisant deux courants opposés : l'un, du nord à l'équateur, dans l'hémisphère boréal ; l'autre, du sud à l'équateur, dans l'hémisphère austral.

J'ai ajouté que les colonnes ascendantes qui s'élevaient de la zone torride atteignaient une hauteur de plusieurs kilomètres et, là, s'étendaient en deux nappes horizontales : l'une se dirigeant vers le nord et l'autre vers le sud, formant ainsi deux courants supérieurs en sens contraire des courants inférieurs.

LOUIS

Où vont ces courants supérieurs?

M. REYNAUD

C'est ce que je suis en train de vous expliquer. Tandis que

les courants inférieurs s'avancent en s'élevant toujours, les courants supérieurs vont en s'abaissant de plus en plus. Arrivés un peu au delà des tropiques, ils s'abaissent assez vite, viennent se confondre avec les courants inférieurs et retournent d'où ils venaient. Ce va-et-vient constitue un mouvement circulatoire assez régulier. Les courants inférieurs portent le nom de *vents alizés*, et les courants supérieurs qui forment le circuit sont les *contre-alizés*.

VALENTIN

Quoique nous ne soyons pas en situation de vérifier le fait, cette fois nous pouvons affirmer que les alizés soufflent toujours de l'est dans les deux hémisphères.

MADAME REYNAUD

C'est encore une conclusion prématurée.

M. REYNAUD

En réalité, l'alizé de notre hémisphère, pour ne parler que de celui-là, ne se dirige ni vers le sud ni vers l'est, mais il suit une direction intermédiaire du nord-est au sud-ouest.

JEANNE

Allons, bon! Il vient de l'est... il n'en vient pas... On ne sait jamais à quoi s'en tenir!

MADELEINE

Ce vent-là fait tourner ma cervelle comme une girouette. Quelle cause nouvelle le fait donc encore dévier?

M. REYNAUD

Une cause toute simple. La masse d'air, à la fois sollicitée vers le sud par la dilatation et l'ascension des couches d'air équatoriales, et vers l'est par la rotation du globe, ne va ni au sud, ni à l'est : elle suit une direction intermédiaire.

VALENTIN

Louis et moi nous avons vu dans un petit traité de mécanique que lorsqu'un corps est sollicité par deux forces dans
deux directions obliques, il suit entre les deux une direction
qui se rapproche davantage de la plus grande force.

M. REYNAÙD

En effet : de la combinaison des deux mouvements vers le
sud et vers l'ouest résulte un mouvement vers le sud-ouest,
d'autant plus rapproché du nord qu'il est plus près du pôle
boréal, d'autant plus rapproché du sud qu'il est plus près de
l'équateur.

JEANNE

S'il faut avoir lu des livres de mécanique, comme Louis et
Valentin, je renonce à comprendre.

LOUIS

Tu te fais des monstres de tout. Tu n'as pas plus besoin de
mécanique que nous dans cette circonstance, et malheureu-
sement nous ne savons pas plus de mécanique que toi. Mais,
puisque tu ne veux pas te soumettre à comprendre tranquillement, nous allons employer la force pour t'inculquer le prin-
cipe de la combinaison des mouvements.

Donne-moi la main. Je vais te tirer par le bras droit pour
t'obliger à courir dans mon sens, et Valentin te tirera par le
bras gauche pour te faire courir dans le sien. Tu verras bien
que tu ne courras ni de mon côté, ni de celui de Valentin, mais
que tu avanceras entre nous, inclinant dans la direction de
Valentin, qui est certainement le plus vigoureux de nous deux
et te tirera avec plus de force.

JEANNE

Je te remercie bien, mon cher frère, de tes manières démonstratives; j'aime mieux me déclarer convaincue par la force de ton raisonnement que par celle de ton poignet.

MADELEINE

Voilà donc qui est entendu : le vent alizé de l'hémisphère boréal souffle du nord-est, et le vent alizé de l'hémisphère austral souffle du sud-est.

MADAME REYNAUD

Oui ; mais cette régularité n'est sensible et permanente dans ces régions qu'en pleine mer. Sur les continents, la régularité des alizés est souvent contrariée.

JEANNE

Toujours des exceptions, comme dans la grammaire !

LOUIS

Les exceptions confirment la règle ; ne le sais-tu pas ?

MADELEINE

Et les contre-alizés, dans quelle direction soufflent-ils ?

VALENTIN

Naturellement, en sens contraire des alizés.

M. REYNAUD

Ces courants supérieurs venant des régions équatoriales ont une plus grande vitesse que les parallèles qu'ils rencontrent et par conséquent paraissent venir de l'occident.

VALENTIN

Donc le contre-alizé de l'hémisphère boréal souffle du sud-ouest, et le contre-alizé de l'hémisphère austral souffle du nord-ouest.

JEANNE

Pas si vite, pas si vite ! Laissez-moi le temps de me faire à

cette idée. (*Répétant lentement ce que vient de dire Valentin.*)
Le contre-alizé... de l'hémisphère boréal... souffle du sud-
ouest... et le contre-alizé... de l'hémisphère austral... souffle...
du nord-ouest... Ah! bon, j'y suis! les contre-alizés soufflent
naturellement dans une direction contraire à celle des alizés.
Tu peux continuer, mon oncle; je t'écoute.

M. REYNAUD

Ces deux vents contraires sont nécessairement séparés par
une région aérienne calme.

LOUIS

Ce sont deux lutteurs dont les forces s'annulent un moment
avant qu'ils reculent en se tournant le dos.

MADAME REYNAUD

Des voyageurs, s'élevant sur certaines montagnes, ont rencontré le vent du nord-est au pied, un air calme au milieu et
le vent du sud-ouest au sommet.

MADELEINE

Tout cela se passe dans les régions tropicales. Nous avons
vu l'air s'élever de l'équateur en colonnes, s'étendre de chaque
côté en nappes, d'abord horizontales, qui descendent ensuite jusqu'à ce qu'elles rencontrent le courant polaire, qui les
reconduit à l'équateur, où elles renouvellent leur ascension
pour recommencer indéfiniment le circuit; mais au delà des
tropiques que se passe-t-il?

M. REYNAUD

Si je marche lentement dans mes explications, c'est afin que
vous puissiez me suivre plus aisément et sans fatigue.

Je vois avec plaisir que vous comprenez bien ce qui arrive
dans les régions tropicales, de chaque côté de l'équateur, et
je reviens au contre-alizé, qui, vous ai-je dit, va compléter la
circulation en rejoignant l'alizé.

Mais ce que je ne vous ai pas encore dit, dans la crainte de diviser votre attention, c'est que les contre-alizés ne s'infléchissent pas tout entiers au voisinage des tropiques pour entrer dans le circuit. Une partie de ce contre-courant continue sa marche vers le nord dans notre hémisphère et vers le sud dans l'hémisphère austral, et va toujours s'abaissant pour former avec le courant polaire un second circuit.

JEANNE

Quelle complication de courants d'air!

LOUIS

Dans quel sens soufflent donc ces vents qui continuent les contre-alizés dans les deux zones tempérées?

MADAME REYNAUD

Un peu de réflexion vous l'indiquera. Puisque ces vents viennent du côté des plus grands parallèles, ils sont doués d'une plus grande vitesse que les parallèles qu'ils traversent, et paraissent par conséquent souffler du sud-ouest dans notre hémisphère et du nord-ouest dans l'autre.

VALENTIN

Il me semble avoir remarqué, ou avoir entendu dire, que c'est le vent de sud-ouest qui souffle le plus souvent dans notre pays.

MADAME REYNAUD

C'est en effet le plus fréquent; aussi l'appelle-t-on le *vent régnant* de la contrée

JEANNE

Presque chaque fois que je pense à regarder la girouette, elle indique le vent de sud-ouest.

MADAME REYNAUD

Avant d'aller plus loin, ne pensez-vous pas, mes enfants,

qu'il serait bon de résumer l'état normal et les conditions théoriques des mouvements circulatoires de l'atmosphère?

JEANNE

Je l'aurais déjà demandé, si je n'avais craint d abuser de la complaisance de mon oncle.

M. REYNAUD

N'aie donc pas de ces craintes, ma chère petite. Je suis trop heureux de penser que vous trouvez plaisir et profit à ce que je puis vous apprendre.

MADELEINE

Je ne sais pas comment tu t'y prends, mais je n'ai presque jamais de distractions en t'écoutant. Et encore, si je dis *presque*, c'est pour ne pas me vanter.

M. REYNAUD

Je me résume donc.

À l'équateur, le courant du nord et le courant du sud se rencontrent en commençant leur ascension et s'annulent. Il existe donc là une région de calmes qui comprend une quinzaine de degrés.

Dans le voisinage des tropiques, les courants contraires, alizés et contre-alizés, se neutralisent également et créent encore deux régions de calmes : les *calmes du Cancer* et les *calmes du Capricorne*.

Vers les pôles, les vents, par le fait de leur vitesse relative, coupent les parallèles obliquement, tendent dans leur mouvement tournant à créer un mouvement ascensionnel, d'où résulte, présume-t-on, une nouvelle région de calmes.

Entre les *calmes de l'Équateur* et les *calmes du Cancer* se trouve la région des vents...?

VALENTIN

... Du nord-est.

M. REYNAUD

Entre les *calmes de l'Équateur* et les *calmes du Capricorne*
se trouve la région…?

LOUIS

… Des vents du sud-est !

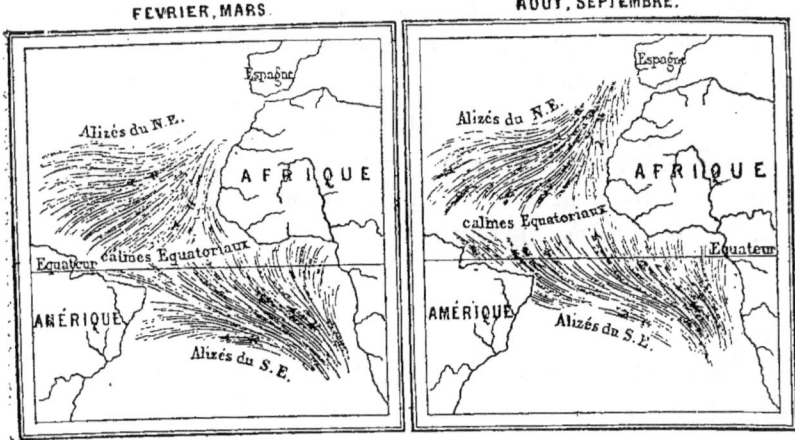

VENTS ALIZÉS DE L'ATLANTIQUE.

M. REYNAUD

Entre les *calmes du Cancer* et les *calmes du pôle boréal* est
la région des vents. .?

MADELEINE, après avoir hésité.

… Du sud-ouest !

M. REYNAUD

Entre les *calmes du Capricorne* et les *calmes du pôle austral* se trouve la région…? Allons, Jeanne !

JEANNE

Oh ! je le sais : la région des vents du nord-ouest.

VALENTIN

Voilà des lois bien déterminées. Quel ordre admirable !

JEANNE

C'est très beau ! c'est trop beau, même ; car, moi, je ne vois rien de tout cela !

LOUIS

Ni moi non plus. Ces phénomènes prévus par une loi connue, nous ne les voyons pourtant pas se réaliser avec la régu-

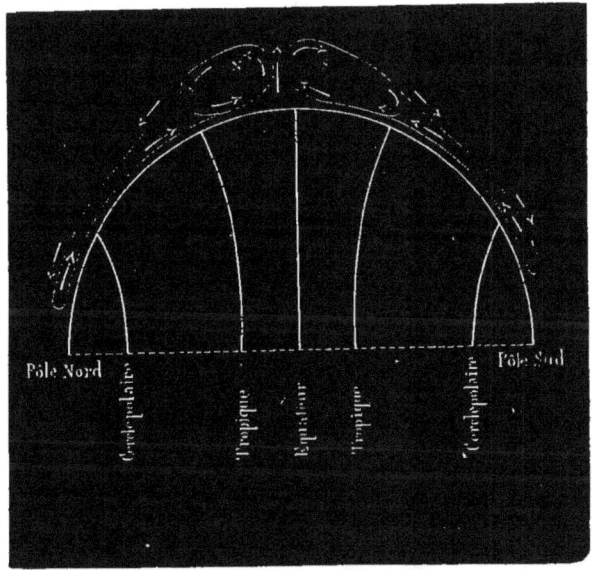

FORMATION DES VENTS ALIZÉS.

larité annoncée. Je reconnais que dans notre pays le vent souffle plus souvent du sud-ouest que des autres directions ; mais j'ai bien peur que messieurs les savants n'aient *fait des plans fort beaux sur le papier.*

MADAME REYNAUD

Votre oncle ne vous a exposé jusqu'à présent que la théorie

de la grande circulation atmosphérique, et a négligé à dessein les causes nombreuses et puissantes qui viennent modifier cet état normal.

MADELEINE

Alors ce n'est qu'avec trop de raison que la girouette est considérée comme l'emblème des plus folles et des plus fréquentes variations de nos esprits et de nos humeurs!

MADAME REYNAUD

Il y a, comme vous le verrez, bien d'autres causes qui produisent d'autres courants et qui modifient profondément les courants réguliers résultant des causes permanentes que nous venons de constater.

LOUIS

Je vois que Jeanne avait raison. Dans la régularité des vents, c'est comme dans les règles de grammaire : il y a beaucoup d'exceptions.

M. REYNAUD

Il ne faut pas pour cela méconnaître les règles.

VALENTIN

Est-ce qu'il n'y a pas d'autres vents réguliers que ceux dont tu nous as parlé jusqu'ici? Notre contrée ne doit pas être la seule qui ait son vent régnant?

M. REYNAUD

Justement, je voulais, avant de vous entretenir des vents purement accidentels, vous dire quelques mots touchant d'autres vents qui ont une régularité périodique et locale. Telles sont, par exemple, les *moussons* qui règnent dans l'océan Indien, soufflant six mois dans une direction et six mois dans une direction opposée.

LOUIS

Puisque l'effet est permanent, c'est que la cause est permanente ?

MADAME REYNAUD

Naturellement; et cette cause est facile à déterminer.

M. REYNAUD

En hiver, le Soleil étant au sud de l'équateur, la température de l'Afrique méridionale est plus élevée que celle de l'Asie : il en résulte que les couches de l'atmosphère qui s'élèvent des contrées africaines plus chaudes produisent un appel d'air qui détermine un courant venant du continent asiatique. Ce vent qui souffle d'octobre en avril, s'appelle *mousson du nord-est*.

En été le même phénomène a lieu en sens contraire. C'est alors la température de l'Asie qui est la plus élevée, puisque le Soleil se trouve au nord de l'équateur, et c'est de là que s'élèvent les couches atmosphériques produisant l'appel d'air qui détermine un courant venant d'Afrique. Ce vent, qui souffle d'avril en octobre, s'appelle *mousson du sud-ouest*.

VALENTIN

Ces moussons-là doivent modifier la régularité des alizés.

M. REYNAUD

Sans doute. La *mousson d'hiver* souffle dans le même sens que l'alizé du nord-est; mais la *mousson d'été*, qui souffle du sud-ouest, triomphe de l'alizé du nord-est dans l'océan Indien. L'alizé du sud-ouest est en dehors de l'action des moussons et reste régulier et permanent.

VALENTIN

Le changement des moussons ne doit pas s'accomplir sans un certain trouble.

M. REYNAUD

Les choses se passent, à cet instant critique, souvent mieux que vous ne pouvez vous l'imaginer.

Entre les deux moussons la lutte est parfois assez pacifique, et n'a d'autres résultats que des calmes plus ou moins prolongés. Quelquefois le changement se fait brusquement et sans transition funeste, quelquefois il donne naissance à des vents variables et à des ouragans terribles.

MADELEINE

Mon oncle a oublié de dire à Jeanne la signification du mot *mousson*.

MADAME REYNAUD

Ah ! Madeleine, tu y mets de la taquinerie.

MADELEINE

Oh ! ce n'est pas bien méchant de ma part. D'ailleurs, c'est une façon détournée de demander ce que je voudrais savoir.

M. REYNAUD

Le mot francisé *mousson* n'est qu'une corruption du mot malais *moussin*, qui signifie *saison*, parce que les moussons correspondent l'une à la saison d'été, l'autre à la saison d'hiver.

LOUIS

Je me demande maintenant si les brises que nous avons remarquées l'an dernier au bord de la mer ne doivent pas rentrer dans la catégorie des vents réguliers, périodiques et locaux.

MADAME REYNAUD

Certainement. A partir du lever du Soleil, la terre s'échauffant plus que la mer, il ne tarde pas à s'établir une ascension des couches d'air qui touchent le sol et font affluer sur les côtes l'air plus froid de la mer. C'est ce qu'on appelle la *brise de mer*.

Après le coucher du Soleil, la terre se refroidit au contraire plus vite que la mer, et c'est la dilatation et l'ascension des couches d'air en contact avec les eaux qui occasionnent un courant venant des côtes. C'est ce qu'on appelle *la brise de terre*.

JEANNE

C'est assez bizarre qu'on ne rencontre des moussons que dans l'océan Indien, car les causes qui leur donnent naissance doivent se retrouver ailleurs.

M. REYNAUD

C'est parfaitement juste, et les mêmes causes donnent naissance à des vents réguliers dont la périodicité dépend des lieux différents où ils s'engendrent.

Dans la Méditerranée ils portent le nom de *vents étésiens*, c'est-à-dire annuels; ils soufflent pendant quarante jours environ et tempèrent les ardeurs de la canicule.

Pendant l'hiver et l'automne un tirage considérable se fait par l'ascension des couches atmosphériques du Sahara, et l'air plus froid de la Méditerranée et du continent, se précipitant vers le désert, est remplacé par un vent du nord-ouest très redouté des Provençaux.

VALENTIN

Ah! tu veux parler du mistral!

M. REYNAUD

Le *mistral*, c'est-à-dire le *maître*, est un vent sec et froid qui vient de fort loin et fond comme une véritable tempête sur la vallée du Rhône et les côtes de la Méditerranée en soulevant des tourbillons de poussière. C'est le fléau des villes où les malades et les poitrinaires des pays septentrionaux vont chercher un climat plus clément.

MADAME REYNAUD

L'opposé du mistral est le *fœhn*, véritable bourru bienfaisant qui apporte la chaleur, la vie, la fécondité, le printemps, avec des allures si impétueuses qu'on le redoute à l'égal d'un malfaiteur. On ne sait jamais de quels méfaits il se rendra coupable avant de se montrer généreux.

Ce vent brûlant, qui vient d'Afrique, en passant sur les glaciers des Alpes, fond en quelques heures une épaisse couche de neige. Il donne naissance à des torrents déréglés qui désagrègent les roches, déracinent les arbres, décapitent les chalets. Bientôt il perd sa *furia*. La nature, réveillée de son long sommeil d'hiver par la chaude haleine de son bienfaiteur, entre en lutte avec lui. Les torrents s'apaisent et portent en murmurant la fécondité dans les prairies, qui reverdissent et se peuplent de troupeaux. Avant lui c'était la mort, après lui c'est la vie.

M. REYNAUD

Le fœhn modifie si profondément et si soudainement la température des hautes vallées de la Suisse, qu'elles jouissent tout à coup du climat de la Sicile.

MADELEINE

Avec quelle impatience j'attendrais ce bon fœhn si j'étais habitante du Valais ou de l'Oberland!

JEANNE

Est-ce que le *sirocco* n'est pas aussi un vent chaud?

M. REYNAUD

Oui. Le sirocco, qui vient du sud-est, donne justement naissance au fœhn; mais son influence n'est pas aussi bénigne. C'est un vent brûlant qui dessèche tout sur son passage. Il transporte jusque dans les contrées de l'Europe, et particulièrement à Naples, où il souffle souvent, de petits grains rougeâtres, débris de sable enlevés aux plaines du Sahara.

MADAME REYNAUD

Quand le sirocco est accompagné de pluie, les premières grosses gouttes qui tombent sur le sol font des empreintes rougeâtres comme des taches de rouille.

LOUIS

Et naturellement on ne manque pas de crier au prodige, et d'appeler ça une pluie de sang.

MADAME REYNAUD

Les pluies de sang ont bien d'autres causes ; mais ce n'est pas l'instant d'entamer ce sujet.

M. REYNAUD

Savez-vous quel nom on donne en Espagne à ce vent du sud-est ?

JEANNE

Ma foi, non.

M. REYNAUD

On l'appelle le *solano*, et il n'est pas moins redouté que son congénère le sirocco ne l'est en Italie.

JEANNE

D'où viennent donc le sirocco et le solano ? Tu as l'air de dire qu'ils ont la même origine.

MADAME REYNAUD

Il est plus que probable que ces vents ne sont que le contre-coup du trop célèbre *simoun*.

MADELEINE

Nous avons tous entendu parler de ce vent redoutable.

M. REYNAUD

Si redoutable que ce nom ne veut pas dire autre chose que *poison chaud*.

VALENTIN

Quelle terreur doit s'emparer des malheureux Arabes, quand ils voient l'horizon se tacher d'un point noir qui grandit, grandit, jusqu'à ce que le ciel soit complètement obscurci !

M. REYNAUD

Dès que le *simoun* commence à souffler, le sable du désert se soulève et s'agite comme l'eau de la mer ; il s'amoncelle en vagues gigantesques qui restent figées sur le sol ou s'envolent en brouillards épais. Les dromadaires courent affolés jusqu'à ce qu'ils rencontrent un buisson protecteur, près duquel ils se couchent et où ils enfoncent leur tête ; les hommes se jettent à terre et s'ensevelissent le visage dans leur burnous, pour échapper aux douleurs cuisantes causées par la sécheresse et le sable subtil qui pénètre dans les yeux et les voies respiratoires. Après le passage du simoun tout est grillé, brûlé, rôti, desséché : plus de verdure sur le sol, plus d'eau dans les outres des caravanes ! Le simoun a tout bu.

MADELEINE

C'est comme un incendie de l'air !

JEANNE

Est-ce qu'il souffle longtemps ?

M. REYNAUD

Il est rare que le simoun souffle plusieurs jours de suite ; son passage est généralement de courte durée.

VALENTIN

Fort heureusement. N'est-ce-pas ce fameux simoun qui a détruit l'armée de Cambyse.

M. REYNAUD

C'est fort probable. Il n'en était pas sans doute à son coup d'essai, et ce n'a pas été son dernier forfait. Plus récemment, en 1805, il a enseveli sous le sable une caravane composée de deux mille personnes et de dix-huit cents chameaux ! Personne n'a échappé.

MADELEINE

Quelle horreur ! Je ne m'étonne plus d'avoir lu dans des récits de voyages qu'il n'y avait d'autres routes tracées dans le désert que celles indiquées par les squelettes des hommes et les ossements blanchis des chameaux.

JEANNE

C'est encore fort heureux qu'il ait un parcours circonscrit.

MADAME REYNAUD

Pas si circonscrit que cela ! Mais il porte des noms particuliers suivant les contrées où il règne : en Egypte on l'appelle *khamsin*, en Guinée on lui donne le nom d'*harmattan*.

JEANNE

Quels drôles de noms !

M. REYNAUD

Ce mot khamsin signifie cinquante, parce que ce vent souffle pendant cinquante jours d'avril en juin, au moment de l'inondation du Nil.

LOUIS

Et l'harmattan ?

M. REYNAUD

L'harmattan reparaît plusieurs fois par an et dure quelquefois quinze jours. Pendant ce temps règne un brouillard si épais, qu'on aperçoit à peine le Soleil. Quand ce vent souffle, dit Maury, tout craque et se fend. Il dessèche si cruellement

SARGENT.

L'PHARMACIEN.

la peau en supprimant toute transpiration, que les nègres ont soin de s'enduire tout le corps de graisse : opération qu'il faut renouveler souvent, car la couche graisseuse est aussitôt absorbée qu'appliquée.

MADAME REYNAUD

Ce vent a la réputation de purger l'atmosphère des miasmes pestilentiels et d'arrêter les épidémies.

LOUIS

Alors pourquoi le qualifier d'empoisonneur ?

M. REYNAUD

A cause de ses effets pernicieux sur la végétation. Loin d'être insalubre pour les hommes, à part les douleurs qu'occasionne sur l'épiderme son action desséchante, il leur est plutôt favorable. C'est le grand balayeur de ces contrées malsaines : il emporte les épidémies qui ravagent les pays sur lesquels il passe, et ne communique nulle part l'infection dont il s'est chargé : il l'absorbe et l'anéantit.

VALENTIN

Son mauvais renom serait donc dû à l'exagération des voyageurs ?

LOUIS

A beau mentir qui vient de loin !

MADAME REYNAUD

Son mauvais renom serait plutôt dû aux Arabes, qui espèrent ainsi fermer le désert aux *infidèles* et se réserver le monopole de certains trafics qui leur assurent de beaux bénéfices.

LOUIS

Ces gens-là n'aiment pas qu'on voie clair dans leurs affaires.

VALENTIN

Le proverbe a bien raison : Menteur comme un Arabe.

JEANNE

Comme il faut se méfier de tous ces récits d'aventures terribles et merveilleuses !

MADAME REYNAUD

Je vous ai mis en garde contre l'exagération des Orientaux, à qui il faut du merveilleux, même dans l'horrible ; mais n'allez pas à votre tour devenir exagérés en réagissant trop dans le sens contraire. Je suppose que vous fassiez partie d'une caravane pendant le passage d'une tempête de simoun, vous ne seriez plus si prompts à condamner les amplifications des narrateurs et la crédulité des auditeurs.

MADELEINE

Oh ! nous pensons bien qu'en somme le simoun, le khamsin et l'harmattan n'ont rien d'enchanteur.

CHAPITRE XIV

CYCLONES — TYPHONS — TROMBES

VALENTIN

Maintenant que nous sommes familiarisés avec les vents plus ou moins réguliers, pouvons-nous savoir ce qui trouble l'ordre de ces mouvements atmosphériques et bien déterminés?

M. REYNAUD

La régularité des vents généraux est d'autant moins troublée qu'ils sont plus près de la cause qui les a fait naître : ainsi c'est dans la région des alizés que les vents sont le moins modifiés. Au contraire, lorsque les courants, s'éloignant du lieu de leur origine, vont s'affaiblissant, ils subissent plus facilement l'influence d'une multitude de causes.

LOUIS

Quand deux courants quelconques se rencontrent en sens contraire, que se passe-t-il?

M. REYNAUD

Il en résulte des perturbations, des vents tournants. Par exemple, tant que les contre-alizés et les courants sont séparés par des régions de calmes, la régularité persiste. Mais, à mesure que les contre-alizés s'avancent vers le courant polaire ou les alizés, il y a un conflit plus ou moins violent, selon les circonstances.

MADELEINE

Ces causes multiples qui troublent la marche des vents ne doivent pas être facilement déterminées.

M. REYNAUD

Certes non. Partout où, pour une cause quelconque, l'air sera dilaté, un courant sera engendré; et cette dilatation peut avoir lieu dans bien des cas.

VALENTIN

En effet. Du moment que les terres et les eaux s'échauffent inégalement, il doit se former un grand nombre de courants, d'autant plus que la distribution des eaux et des terres est fort inégale.

MADAME REYNAUD

Parmi les causes qui changent la direction des vents et modifient leur action, il faut compter : les découpures irrégulières des continents, la situation des îles, le relief des chaînes de montagnes, la profondeur des vallées, la différence de température des courants d'eaux chaudes et d'eaux froides qui sillonnent les mers, et cent autres encore.

VALENTIN

Je comprends parfaitement maintenant l'irrégularité des vents. Je les vois d'ici se bousculant dans leurs rencontres comme des écoliers qui en courant se choquent et se font pirouetter dans tous les sens.

LOUIS

Et les montagnes qui arrêtent les vents, les rejettent de côté et les font tourbillonner, de même que les pierres et les rochers détournent les cours d'eau.

JEANNE

Il se passe en grand sur la Terre ce qui se produit en petit dans les rues de Paris, où le vent circule dans toutes les directions.

MADELEINE

Et les tourbillons qui s'élèvent dans les angles de la place Vendôme, voilà des vents tournants en miniature !

LOUIS

Pourquoi pas tout de suite des cyclones ?

MADAME REYNAUD

Tu sais donc ce que c'est qu'un cyclone ?

LOUIS

Je sais... je sais que c'est un vent qui en tourbillonnant détruit tout sur son passage, engloutit les navires, dévaste les terres qu'il envahit parfois. Voilà tout ce que j'en sais.

JEANNE

Mon oncle, dis-nous en davantage.

M. REYNAUD

Le *cyclone* est un vent terrible qui tourne toujours en cercle, ainsi que l'indique son nom. Cet immense tourbillon, qui semble si désordonné, obéit pourtant à des lois fixes. Dans l'hémisphère austral il tourne toujours de gauche à droite, comme les aiguilles d'une montre, et dans notre hémisphère il tourne en sens inverse.

MADELEINE

Comment un vent qui s'amuse à pirouetter sur lui-même peut-il être sérieux ?

MADAME REYNAUD

C'est que, outre son mouvement de rotation, le cyclone a

aussi un mouvement de translation. Il ne pivote pas sur place, il s'avance en tournant, et c'est ce qui fait sa terrible puissance.

MADELEINE

J'espère bien que ce vent-là n'est pas régulier. Où prend-il naissance?

M. REYNAUD

Les cyclones sont engendrés, dans les régions calmes de l'équateur, par la rencontre de vents opposés qui se heurtent précisément dans ces régions. Aussitôt formés, ils tournoient avec une vitesse variable qui atteint jusqu'à 240 kilomètres à l'heure et s'avancent, avec des vitesses comprises entre 10 et 80 kilomètres à l'heure, dans des directions plus ou moins déterminées.

LOUIS

Absolument comme des toupies qui courent sous les coups de fouet.

MADELEINE

La comparaison est au moins singulière.

VALENTIN

Pourquoi? Ne te semble-t-elle pas assez poétique? Louis a voulu montrer par là qu'il conçoit qu'un mouvement de translation puisse accompagner un mouvement de rotation.

JEANNE

Cela me fait penser à la toupie hollandaise, qui fait tant de fracas, s'avance en pirouettant, se cogne à tous les obstacles, renverse les quilles et finit par tomber sur le flanc en causant encore des ravages.

MADAME REYNAUD

Il y aurait à faire une comparaison encore plus juste. Les remous qui forment des tourbillons dans les cours d'eau donnent, dans leur petite proportion, une idée assez exacte des cyclones, ces gigantesques remous de l'atmosphère.

LOUIS

Est-ce que le cercle formé par les cyclones est très étendu?

M. REYNAUD

A son origine il n'a que quelques lieues de diamètre, mais à mesure qu'il chemine il va s'élargissant; et c'est par centaines de lieues qu'il faut mesurer son diamètre après un long parcours.

MADAME REYNAUD

Plus il s'étend et moins il a d'énergie. Il arrive un moment où, comme la toupie hollandaise dont parlait Jeanne, il a perdu toute sa force. Heureusement pour nous, il s'affaiblit et se détruit lui-même avant d'avoir atteint nos latitudes : les vapeurs qu'il renferme se condensent en pluies torrentielles, il s'étend, se disperse et disparaît.

VALENTIN

Les causes qui produisent les cyclones existent partout.

MADAME REYNAUD

Oui, mais très amoindries.

M. REYNAUD

Il est évident que la rencontre de deux courants contraires, ou bien la rencontre d'un courant avec un obstacle tel qu'une montagne, peut produire des vents tournants. Aussi constate-t-on tous les jours la rotation de la plupart des vents de nos climats.

JEANNE

Aujourd'hui que j'ai la mémoire fraîche, je me débrouille assez bien dans tous les vents; mais dans quelques jours je ne m'y reconnaîtrai plus.

MADAME REYNAUD

Cependant, quand on procède avec ordre en apprenant quelque chose, il y a bien des chances pour retrouver ce qu'on a logé dans les cases de sa mémoire. C'est comme dans les armoires bien rangées, où l'on met facilement la main sur ce qu'on cherche.

JEANNE

Le tout est de savoir ranger son armoire !

MADAME REYNAUD

Que serait-ce donc alors si ton oncle t'énumérait tous les autres vents et les noms différents qui désignent le même vent suivant les pays et les circonstances? On t'a fait grâce du vent froid, qui s'appelle *bise* dans nos campagnes, *gallego* en Espagne, *bourann* dans les steppes de la Russie.

JEANNE, avec un effroi comique.

Grâce, ma tante !

MADAME REYNAUD

J'ai fini !

VALENTIN

Et les *ouragans?*

M. REYNAUD

C'est l'ancienne appellation encore donnée aux cyclones dans certains parages. Dans les mers de la Chine on appelle *typhons* des cyclones qui se lient aux *trombes.*

JEANNE

Est-ce encore un vent nouveau?

VALENTIN

Tu disais, mon oncle, que l'origine des cyclones est due à la rencontre de deux courants d'air circulant en sens contraire ou à l'interposition d'un obstacle; cette loi étant connue, les navires ne peuvent-ils en profiter pour échapper au danger qui les menace?

M. REYNAUD

Vraiment si. Tout cyclone se partage en deux parties bien distinctes qu'on a désignées par les noms d'*hémicycle maniable* et *d'hémicycle dangereux*. Il s'agit surtout d'éviter le centre du cyclone, où le vent est le plus violent, et cette prescription est connue de tous les marins. Un officier de marine attentif ne se laisse pas entraîner au centre d'un cyclone; il

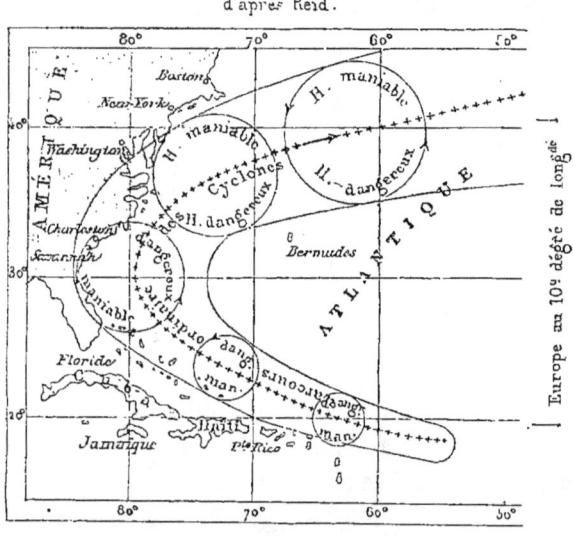

Parcours ordinaire des Cyclones dans l'Atlantique
d'après Reid.

PARCOURS DES CYCLONES

manœuvre habilement, tournant avec lui, s'en écartant, s'en rapprochant, se trouvant sur sa droite ou sur sa gauche, selon le profit qu'il y trouve.

LA TEMPÊTE.

VALENTIN

Que l'homme doit se sentir fier de braver et de vaincre de pareilles forces de la nature avec une petite coquille de noix comme un navire!

M. REYNAUD

Malgré les plus habiles manœuvres, il n'est pas toujours possible de s'éloigner du centre du cyclone.

LOUIS

Au moins ces cyclones se font-ils annoncer par quelques signes avant-coureurs.

M. REYNAUD

Les avertissements ne manquent pas; mais le plus infaillible, c'est le baromètre, dont les dépressions indiquent quelquefois l'arrivée d'un cyclone quarante-huit heures à l'avance.

MADELEINE

Alors on a bien le temps de fuir?

MADAME REYNAUD

Pas toujours.

MADELEINE

Moi qui maugrée souvent contre l'inclémence de notre ciel, je trouve maintenant que les pays tempérés ont du bon. Il vaut mieux décidément voir moins souvent le Soleil, avoir moins de chaleur, moins de richesse de végétation, et jouir d'un peu plus de sécurité personnelle.

JEANNE

Je suis bien de cet avis.

LOUIS

Vive la France!

VALENTIN

Mon oncle, encore un mot, s'il te plaît, sur les *trombes* et
leur mode de formation.

M. REYNAUD

On distingue deux sortes de trombes : les *trombes marines* et
les *trombes terrestres*. Les premières sont des colonnes d'eau
qui s'établissent entre la surface de la mer et les nuages; les
secondes, beaucoup plus rares, se produisent à la surface de
la terre; au lieu d'eau elles emportent des poussières, des
vapeurs très condensées, des feuilles, des débris de toute
espèce, en un mot les corps solides qu'elles peuvent aspirer.
Douées d'un mouvement giratoire et d'une translation rapide,
elles ont une force terrible.

Je ne vous parlerai que de la trombe de Monville, observée
en 1845, qu'aucun de nos contemporains n'a oubliée et qui
fut aussi désastreuse qu'un naufrage. C'était un énorme
cône, noir de fumée, qui écrasa en quelques minutes trois
filatures avec tous les ouvriers qu'elles renfermaient. Lorsqu'on fouilla les décombres, on remarqua qu'ils étaient brû-
lants, que les planchers avaient été carbonisés, les pièces des
métiers fondues ou réduites à l'état d'acier trempé, que les
cadavres et les blessés portaient tous des traces de brûlures,
comme s'ils avaient été foudroyés. Des débris provenant du
désastre furent retrouvés à Dieppe, à plus de 30 kilomètres du
lieu du sinistre.

MADELEINE

Je ne me doutais guère que de pareils phénomènes pussent
se produire dans nos contrées.

M. REYNAUD

Les trombes marines sont beaucoup plus fréquentes. Au
moment où elles prennent naissance, un nuage s'abaisse vers

la mer sous forme d'un cône renversé et l'eau se met à bouillonner au-dessus en produisant une grande quantité de vapeurs. Quelquefois les eaux de la mer se creusent circulairement sous la pointe du cône, comme si elles s'écartaient sous l'action d'un puissant soufflet; quelquefois, au contraire, elles se soulèvent en tourbillonnant, formant des jets ascendants et descendants réunis par leurs sommets, en présentant l'aspect d'arcades vues à travers un épais brouillard.

Marines ou terrestres, les trombes sont accompagnées de bruissements assourdissants, de sifflements étranges, d'éclairs, de globes de feu, de grêle et d'éclats de foudre.

LOUIS

Est-ce que les marins n'emploient pas avec succès le canon pour détruire les trombes?

M. REYNAUD

Avec succès? J'en doute. Les boulets les traversent le plus souvent sans les altérer sensiblement. Quand par hasard ils réussissent à les rompre, les deux tronçons se ressoudent de nouveau.

MADELEINE

Enfin ce sont toujours bien des courants de vents contraires qui forment ces trombes en se rencontrant?

M. REYNAUD

Je n'en crois rien, et je ne suis pas de l'avis de ceux qui soutiennent cette théorie. J'imagine que ce sont plutôt des phénomènes électriques.

JEANNE

Quelle qu'en soit la cause, ce qui doit surtout nous importer, c'est de connaître tout ce qui concerne les vents de notre pays, et je vois que les causes sont assez nombreuses et assez variables pour qu'on ne puisse rien présager ni préjuger.

M. REYNAUD

La science, qui fait tous les jours de grands progrès, pourra

TROMBE MARINE.

jeter quelque lumière sur les questions de météorologie,
dont l'étude s'étend et se généralise. Déjà, grâce aux stations

météorologiques, de plus en plus nombreuses, et au télégraphe électrique, qui les met en relation rapide et constante, certains phénomènes deviennent plus connus dans leurs effets et dans leurs causes.

MADAME REYNAUD

Ainsi les renseignements nombreux qu'on recueille à l'observatoire de Paris sur la direction des vents, ont permis de dresser des cartes qui montrent d'une façon saisissante la marche et l'intensité du vent au jour donné.

LOUIS

Tiens! nous devrions bien, pendant les vacances qui nous restent, constater la direction du vent à l'aide de la girouette qui est au-dessus de la maison et faire aussi nos petites observations météorologiques. Nous nommerions mon oncle directeur en chef de l'observatoire Reynaud-Davesne.

M. REYNAUD

M. le directe ur vous remercie de l'honneur que vous voulez bien lui faire; mais il s'empresse d'ajouter que la girouette est un instrument trop imparfait, auquel il ne pourrait se fier.

On a maintenant substitué à la girouette un appareil plus complet et plus sûr, qui indique non seulement la direction du vent, mais encore sa vitesse, c'est-à-dire sa force, et cet instrument, appelé *anémomètre*, n'existe pas à l'observatoire que Louis veut créer.

VALENTIN

J'ai en effet remarqué bien souvent que la girouette laisse beaucoup à désirer et n'indique jamais qu'un à peu près. Comment saurions-nous avec précision la direction du vent, quand elle reste stationnaire entre deux points cardinaux.

MADAME REYNAUD

Pour cela il faudrait une rose des vents.

MADELEINE

Une rose des vents! Voilà encore un nom singulièrement choisi; je demande ce que la reine des fleurs vient faire là dedans!

LOUIS

Oh! des roses des vents, s'il n'y en a pas, on en fera; j'en ai

CARTE DES VENTS PRÉDOMINANTS SUR LE GLOBE

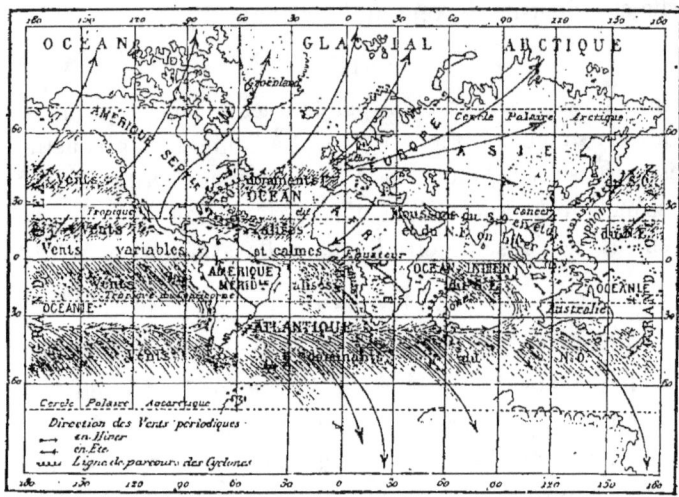

VENTS GÉNÉRAUX DOMINANTS SUR LE GLOBE.

tracé plus d'une au lycée. Jusqu'à présent ma boîte de compas ne m'a servi qu'à cela.

MADAME REYNAUD

En attendant, voici une carte des vents généraux dominant sur le globe, que je donne à Jeanne pour fixer les vents qui tourbillonnent dans sa mémoire.

LA PLUIE

CHAPITRE XV

La pluie tombait à torrents, toute promenade était impossible.

Les enfants attristés regardaient par les fenêtres ces filets serrés de gouttelettes sans nombre qui rayaient l'air obliquement.

MADELEINE

Nous voilà cloîtrés pour toute la journée.

LOUIS

J'ai déjà des fourmis dans les jambes.

JEANNE

On a bien raison de dire : ennuyeux comme la pluie !

LOUIS

Oui, pourquoi pleut-il ? Qu'est-ce que la pluie ?

VALENTIN, *ironiquement.*

Je crois que la pluie vient des nuages, et que les nuages sont formés dans l'atmosphère par l'évaporation des eaux répandues sur la terre.

MADELEINE

Nous savons bien cela, monsieur le magister.

JEANNE

Oui, mais comment se forment les nuages ?

LOUIS

Pas moyen de plaisanter avec Jeanne ! Elle prend tout au sérieux ou au tragique.

VALENTIN

Les nuages ? Les nuages se forment... Ah ! ma foi, je n'en sais rien.

MADAME REYNAUD

C'est un phénomène assez compliqué, et pour le comprendre il est indispensable que vous sachiez ce que c'est que la vapeur et comment l'eau se transforme en vapeur.

Tenez, si je versais successivement la petite quantité d'eau que peut contenir ce dé à coudre dans un verre à liqueur, dans une soucoupe, dans une assiette plate, sur le marbre de ce guéridon, que deviendrait-elle ?

VALENTIN

Elle disparaîtrait d'abord de la surface du guéridon, puis de l'assiette, puis de la soucoupe, et au bout de plusieurs jours du petit verre à liqueur.

MADELEINE

Comme il est évident que l'eau n'aura pas été absorbée par le marbre, par la porcelaine ou par le verre, on peut se demander ce qu'elle sera devenue.

LOUIS

Par qui aura-t-elle été escamotée ?

MADAME REYNAUD

Par l'air, elle s'y infiltre à l'état de vapeur comme elle

s'infiltre dans la terre à l'état liquide, car l'eau a une tendance constante à se réduire en vapeur. Elle y réussit d'autant mieux et d'autant plus vite qu'elle rencontre moins d'obstacles et qu'elle s'étend sur une plus grande surface, c'est-à-dire lorsqu'elle peut pénétrer dans l'air par un plus grand nombre de points.

LOUIS

Alors, qu'est-ce donc qui maintient l'eau à l'état liquide à la surface de notre globe?

VALENTIN

Mais c'est la pression atmosphérique; c'est le poids de l'air qui la presse de toutes parts.

LOUIS

Oh! suis-je assez étourdi!

JEANNE

Comment, sans l'atmosphère il n'y aurait pas de liquides sur la Terre?

M. REYNAUD

Évidemment. Si l'atmosphère n'exerçait pas sans cesse sa pression due au poids de l'air, l'eau passerait instantanément à l'état de vapeur.

MADELEINE

Ce ne serait pas gai.

M. REYNAUD

Lorsqu'on introduit une gouttelette d'eau dans le vide qui est au-dessus de la colonne de mercure d'un baromètre, elle y est immédiatement réduite à l'état de vapeur et est invisible. Sa présence n'est révélée que par une légère dépression du mercure due à la force élastique de la vapeur.

JEANNE

La vapeur n'est pourtant pas invisible. On la voit nettement au-dessus de l'eau qui bout, on la voit sortir du sifflet de la locomotive, des tuyaux et des soupapes des machines à vapeur.

MADAME REYNAUD

La vapeur d'eau est tout à fait transparente et par conséquent invisible. C'est à tort qu'on donne le nom de vapeur à cette espèce de brouillard qui s'élève au-dessus de l'eau en ébullition. Ce n'est pas là de la vapeur proprement dite, mais un état particulier qu'on appelle *vésiculaire*. C'est un état intermédiaire qui marque le passage de l'état liquide à l'état gazeux, et réciproquement.

MADELEINE

De la vapeur à l'état vésiculaire ! Je n'avais jamais entendu parler de cela.

M. REYNAUD

On a essayé d'expliquer cet état vésiculaire en supposant qu'au sortir de la chaudière ou de tout autre appareil les molécules de vapeur, ne pouvant opérer leur union immédiate, à cause de l'interposition des molécules d'air, formaient des globules analogues à des bulles de savon, mais bien des milliers de fois plus petits.

Aujourd'hui cette théorie n'est pas généralement adoptée des savants. Les uns prétendent que la vapeur à l'état vésiculaire est une réunion de gouttelettes pleines ; d'autres, que c'est un assemblage de gouttelettes pleines et de vésicules creuses. Quoi qu'il en soit, ce que Jeanne prenait pour de la vapeur n'est que de la vapeur en voie de condensation.

LOUIS

Nous comprenons que l'eau tend toujours à se transformer

en vapeur, qu'elle n'est maintenue à l'état liquide que par la pression de la masse d'air qui entoure la Terre. Très bien. Mais pourquoi cette transformation ne se fait-elle pas toujours avec la même énergie. Ainsi, quand il pleut, l'eau qui couvre le pavé de la cour s'évapore bien plus vite en été qu'en hiver.

MADAME REYNAUD

Cela dépend de plusieurs circonstances : plus la température est élevée, plus l'évaporation est favorisée, et plus on chauffe l'eau, plus elle émet de vapeur.

JEANNE

Qui ne sait cela?

MADAME REYNAUD

L'explication demandée par Louis est assez simple à donner. La vapeur se répand plus facilement et plus rapidement dans l'air quand sa puissance d'expansion, sa force élastique, est plus grande, et la chaleur a la faculté d'accroître cette puissance.

M. REYNAUD

Si Jeanne veut bien ne pas s'effaroucher, je vais vous citer quelques chiffres convaincants.

Notre atmosphère renferme constamment une certaine quantité de vapeur d'eau; or, quand l'air est à 0°, la vapeur qui participe à cette température a une force élastique capable de soulever une colonne de mercure de $0^m,0046$

à 20°	elle soulève une colonne de mercure de		$0^m,0174$
à 40°	—	—	de $0^m,0549$
à 60°	—	—	de $0^m,1488$
à 80°	—	—	de $0^m,3546$
à 100°	—	—	de $0^m,76$

JEANNE

Hauteur du baromètre!

M. REYNAUD

Très bien! Puisque vous avez pris garde à ce dernier chiffre et que vous savez que la pression atmosphérique est aussi capable de soulever une colonne de mercure de 0ᵐ,76, hauteur du baromètre en temps ordinaire, vous comprendrez pourquoi l'eau ne bout qu'à 100°.

VALENTIN

C'est juste. D'un côté, l'air pèse sur l'eau qu'on chauffe dans un vase quelconque comme une colonne de mercure de 0ᵐ,76 de hauteur. D'un autre côté, la vapeur d'eau à 100° qui se forme dans le fond et dans la masse du liquide, est également capable de soulever une colonne de mercure de 0ᵐ,76.

LOUIS

Compris! Par conséquent, le poids de l'air qui agit de haut en bas, et la force expansive de la vapeur qui agit de bas en haut, sont deux forces égales qui s'annulent. La pression de l'atmosphère ne s'opposant plus à l'extension de la vapeur, celle-ci s'échappe violemment, avec effervescence, en tourbillonnant enfin, sans que rien ne l'arrête.

De même un lycéen, comprimé en classe par la pression du professeur et mis en liberté par le roulement du tambour, s'échappe avec turbulence en étirant ses membres et en dilatant sa poitrine. Seulement le lycéen ne possède pas l'avantage de devenir transparent et complètement invisible; j'en ai eu plus d'une fois la preuve dans de trop bruyantes expansions de joie.

MADELEINE

Tu veux, par cette comparaison, nous prouver l'excès de ta légèreté.

LOUIS

Merci. C'est bien cela.

M. REYNAUD

Il est bien avéré pour vous, n'est-ce pas, que la production de la vapeur est d'autant plus rapide, que la pression supportée par le liquide est moindre et que sa température est plus élevée?

JEANNE

Alors, quand on chauffe l'eau à plus de 100°, elle se réduit naturellement bien plus vite en vapeur?

MADAME REYNAUD

A l'air libre, l'eau ne peut jamais dépasser 100°.

JEANNE

Cependant, si on la faisait bien bouillir, à gros bouillons?

MADAME REYNAUD

En t'y prenant ainsi tu obtiendrais une plus grande quantité de vapeur; mais tu n'ajouterais rien à la température de l'eau.

MADELEINE

Comment! on ne peut jamais chauffer son eau à plus de 100°, même avec un feu très ardent? Ce n'est pas possible!

ÉBULLITION A L'AIR LIBRE.

MADAME REYNAUD

Tu pourras t'en convaincre aisément. Plonge un thermomètre dans l'eau bouillante; quelque quantité de combustible que tu dépenses, tu n'ajouteras rien à la température de l'eau.

LOUIS

Que devient donc la chaleur qui s'ajoute après avoir atteint le point d'ébullition?

VALENTIN

Ma tante vient de le dire : elle sert à produire plus de vapeur.

MADAME REYNAUD

Cette *chaleur supplémentaire*, qui n'a d'autre office que de maintenir l'eau à l'état gazeux, est connue sous le nom de *chaleur latente*.

M. REYNAUD

Vous allez comprendre. La vapeur qui s'élève de l'eau bouillante possède la même température que cette eau. Cependant on prouve expérimentalement qu'à poids égal la vapeur absorbe beaucoup plus de chaleur. Si l'on mêle 1 kilogramme de vapeur à 100° avec 5 kilogrammes 400 grammes d'eau à 0°, la vapeur, en se condensant au contact de cette eau froide et se mélangeant avec elle, élève sa température, et l'on trouve alors dans le vase 6 kilogrammes 400 grammes d'eau à 100°.

On en conclut qu'un poids quelconque de vapeur à 100° absorbe autant de chaleur qu'il en faut pour amener à peu près 5 fois 1/2 le même poids d'eau de la température de 0° à celle de 100°.

Voici une autre manière de rendre ce fait sensible.

Plaçons une lampe à esprit-de-vin, que nous supposerons donner une même somme de chaleur dans le même temps, sous un récipient contenant 1 kilogramme d'eau à 0°, et observons le temps que l'eau mettra pour arriver à 100°. Laissons toujours la lampe sous le récipient jusqu'à ce que toute l'eau qu'il contient soit convertie en vapeur : nous remarquerons que le temps employé à l'évaporation complète a été

5 fois 1/2 plus considérable que le temps employé à élever l'eau de 0° à 100°.

VALENTIN

C'est-à-dire, si je ne me trompe, qu'il a fallu cinq fois et demie plus de temps pour convertir une quantité donnée d'eau à 100° en vapeur que pour élever cette même quantité d'eau de 0° à 100°?

M. REYNAUD

Très bien, Valentin. Ce raisonnement est plus facile qu'il n'en a l'air et je suis persuadé que tout le monde l'a compris. Est-ce vrai, Jeanne?

JEANNE, timidement.

Je crois que oui.

LOUIS

Oh! du moment que tu crois que oui, nous pouvons en être persuadés.

MADELEINE

Quant à moi, j'ai cru tout d'abord que ce serait au-dessus de mon entendement; mais j'ai bien vite vu que non.

JEANNE

Je serais curieuse de savoir pourquoi la surface de l'eau qui bout est agitée comme la mer.

MADAME REYNAUD

Tu aurais pu le deviner par tout ce qui précède. Ce phénomène est dû à la légèreté spécifique et à la force élastique des bulles de vapeur qui se forment au sein de l'eau à mesure qu'on la chauffe. Ces bulles s'élèvent d'abord lentement; puis, augmentant en nombre, en grosseur, en vitesse, elles viennent crever à la surface de l'eau en y produisant ce mouvement tumultueux connu sous le nom d'*ébullition*.

MADELEINE

Et d'où provient ce bruissement qui précède l'ébullition?
Quand je fais le thé, je suis avertie que l'eau va bouillir parce
qu'elle chante.

MADAME REYNAUD

Voici comment on explique ce *chant de l'eau* :

Lorsqu'elle commence à chauffer, les bulles de vapeur
montent de la partie inférieure du liquide, qui s'échauffe la
première, dans des couches plus froides où elles se condensent, laissant à leur place un petit espace vide dans lequel l'eau
se précipite. Il en résulte une trépidation qui produit ce
chant dont tu parles.

MADELEINE

C'est égal, j'ai du mal à me défaire de ce préjugé que dès
que l'eau bout on a beau activer son feu, on n'augmente pas
la température de l'eau.

MADAME REYNAUD

J'espère, mes chères nièces, que vous vous souviendrez de
cette vérité scientifique quand, en bonnes femmes de ménage,
vous surveillerez le pot-au-feu ou que vous ferez cuire des
légumes. Non seulement le surplus du combustible employé
à activer l'ébullition est une perte, mais, ce qui est presque
aussi important, la vapeur, qui s'échappe avec plus de violence, entraîne des principes qui contribueraient à l'excellence des aliments.

JEANNE

Ainsi, quand on entre dans une cuisine et qu'on sent une
bonne odeur qui vous met en appétit, il n'en faut pas conclure que le potage sera meilleur?

MADAME REYNAUD

Chaque fois qu'en entrant à la cuisine l'odorat y trouve

son compte, vous pouvez être sûres que le goût en pâtira.

LOUIS

Ma foi, ce n'est pas par le nez qu'on se nourrit, et quand je rentrerai à la maison, j'aurai soin de m'assurer que la cuisinière connaît la cuisine économique, scientifique et gastronomique.

VALENTIN

J'en reviens à l'étonnement de Madeleine, et j'étais aussi loin de croire que l'eau ne peut jamais dépasser la température de 100°.

MADAME REYNAUD

Un instant ! Je n'ai pas dit cela.

M. REYNAUD

Ta tante et moi nous avons dit que l'eau ne peut dépasser cette température à l'air libre, quand la vapeur s'échappe à mesure qu'elle se produit. Mais l'eau chauffée en vase clos peut atteindre des températures élevées.

MADELEINE

Alors, en fermant bien le couvercle de l'urne à thé, de façon que la vapeur ne s'échappe pas, je pourrais obtenir de l'eau à plus de 100° ?

MADAME REYNAUD

Tu oublies que la force expansive de la vapeur ferait sauter le couvercle ou éclater l'urne.

M. REYNAUD

Dans la marmite qui porte le nom de son inventeur Papin, le premier qui ait imaginé une machine à vapeur, on peut obtenir de l'eau à une température d'autant plus grande, que le vase est plus capable de résister à la force élastique de la

vapeur, qui, vous le savez maintenant, est en raison de l'aug-
mentation de la chaleur.

JEANNE

Qu'est-ce que c'est donc que cette marmite de Papin?

M. REYNAUD

C'est un vase de bronze fermé par un couvercle bien bou-

MARMITE DE PAPIN.

lonné et muni d'une soupape de sureté qui s'ouvre et livre
passage à la vapeur avant que sa puissance d'expansion fasse
éclater l'appareil.

Dans ces conditions, la vapeur, ne pouvant s'échapper, s'ac-
cumule au-dessus du liquide et arrête l'ébullition; de sorte
que l'eau et la vapeur se surchauffent de plus en plus. L'eau
atteint alors une température si élevée, qu'on peut y faire
fondre de l'étain, du plomb, y dissoudre des substances qui
ne se dissoudraient pas dans l'eau à 100°, telles que des la-

nières de cuir pour faire de la colle, des os dont on extrait de la gélatine ; aussi donne-t-on quelquefois à cet appareil le nom de *digesteur*.

LOUIS

C'est bien dit. Il faut en effet un fameux estomac pour digérer des lanières de cuir et des os !

MADAME REYNAUD

Cette marmite appropriée pour la cuisine rendrait de grands services. On pourrait y faire cuire, sans déperdition de principes nutritifs, des aliments dont la préparation est difficile autrement.

MADELEINE

Il me semble avoir vu, à l'Exposition de l'Industrie, des marmites de ce genre destinées aux usages culinaires.

MADAME REYNAUD

On trouve effectivement de ces marmites dans le commerce ; mais on s'en sert peu, en France, par crainte des accidents.

LOUIS

Mais si ! nous en avons eu une comme cela à la maison. Un beau jour, cette marmite était placée devant le feu dans la grande cheminée de la cuisine. Tout à coup, patatras ! on entend un coup de sifflet épouvantable, une explosion, et voilà la cuisinière qui se sauve en criant : « Le diable est dans ma cheminée ! Le diable est tombé dans ma cheminée ! » On accourt. Que voit-on ? La cuisine pleine de vapeur, le pot-au-feu couché sur le flanc et tout le bouillon répandu dans les cendres ! Le couvercle avait sauté ! Maintenant je comprends pourquoi.

MADAME REYNAUD

Il faut croire que nos voisins supposent leurs cuisinières

plus prudentes que les nôtres, car ce genre de marmite est d'un usage fréquent en Allemagne.

VALENTIN

Il me vient une idée. Puisque le point d'ébullition dépend de la pression, quand le baromètre baisse, l'eau doit bouillir plus vite.

M. REYNAUD

C'est clair. La pression que l'atmosphère exerce sur la Terre est en raison de la hauteur de la colonne d'air. Moins les couches d'air seront nombreuses au-dessus de l'eau, moins elles pèseront, et plus sera facile et prompt le dégagement de la vapeur.

LOUIS

A ce compte, d'après l'expérience de Pascal dont tu nous as parlé, l'eau doit bouillir plus vite au sommet d'une montagne qu'à sa base, puisque la pression atmosphérique y est moindre.

M. REYNAUD

C'est parfaitement déduit. Si la pression de l'air est capable de soulever une colonne de mercure de $0^m,76$ au niveau de la mer, au sommet du mont Blanc, par exemple, elle ne soulève plus qu'une colonne de $0^m,424$, et l'eau bout à 84°.

JEANNE

Elle bout plus vite, mais elle est moins chaude.

MADELEINE

Ce qui nous indique qu'il faudrait plus de temps pour faire cuire des œufs à la coque au sommet du mont Blanc que dans nos cuisines.

MADAME REYNAUD

M. Tyndall, un des plus grands savants de l'Europe, prétend qu'il est impossible de faire de bon thé sur les hautes montagnes, parce qu'il faut que l'eau versée sur le thé soit à 100°.

VALENTIN

En sa qualité d'Anglais, il doit s'y connaître.

LOUIS

Mais alors, dans le vide, l'eau doit bouillir à une température très basse ?

M. REYNAUD

Sous le récipient de la machine pneumatique, l'eau entre en ébullition dès que la faible pression qu'elle supporte est vaincue par la force élastique de la vapeur.

MADAME REYNAUD

Voulez-vous savoir comment on peut faire bouillir de l'eau sans feu et sans le secours de la machine pneumatique ?

JEANNE

Ce doit être curieux.

MADAME REYNAUD

Voici comment s'accomplit cette petite expérience, très facile à faire et que vous pourrez reproduire vous-mêmes.

On prend un ballon de verre à long col, on y introduit de l'eau qu'on fait bouillir pendant un certain temps pour en chasser l'air. On bouche le flacon, on le retourne, on plonge l'extrémité bouchée dans un vase contenant de l'eau, pour empêcher la rentrée de l'air. Les vapeurs accumulées dans l'espace libre empêchent l'ébullition de se produire. Savez-vous comment on peut la ramener ?

JEANNE

Je ne cherche même pas à le deviner.

LOUIS

Moi, je cherche, mais je ne devine pas davantage.

MADAME REYNAUD

Faut-il vous le dire ? Eh bien, c'est avec de la glace.

MADELEINE

Avec de la glace ! On peut faire bouillir de l'eau avec de la glace ?

MADAME REYNAUD

Qu'est-ce qui met obstacle à l'ébullition ?

VALENTIN

La pression des vapeurs accumulées dans l'espace libre.

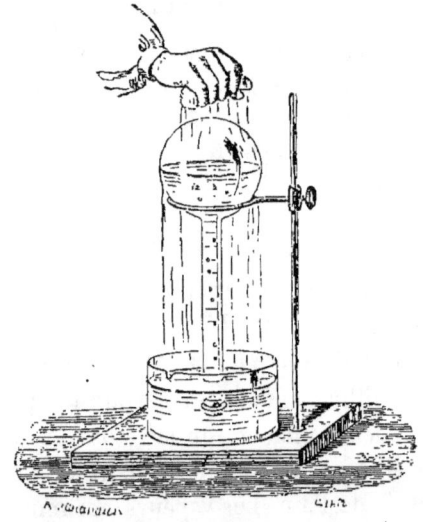

ÉBULLITION DE L'EAU A UNE TEMPÉRATURE INFÉRIEURE A 100°.

MADAME REYNAUD

Si nous faisons disparaître ces vapeurs, l'ébullition recommencera donc. Pour cela, il suffit de frotter la partie supérieure du ballon avec un morceau de glace. Les vapeurs se condensent, le vide se reproduit...

LOUIS

Et l'ébullition recommence!

JEANNE

Nous ne pourrons pas faire cette expérience avant l'hiver. Impossible de nous procurer de la glace dans cette saison.

MADAME REYNAUD

Oh ! à défaut de glace, un bon seau d'eau fraîche sortant du puits ferait l'affaire. Vous n'auriez qu'à y tremper une éponge et à la presser au-dessus du ballon, l'effet serait le même.

MADELEINE

Faire bouillir de l'eau en la refroidissant! Voilà une idée qui ne me serait jamais venue.

CHAPITRE XVI

SATURATION — ÉVAPORATION — VAPORISATION

LOUIS

Pendant que nous recherchons les causes de la pluie, il pleut toujours à verse.

JEANNE

Nous ne paraissons guère avoir entamé notre sujet.

M. REYNAUD

Nous avons pris le chemin le plus long, mais c'est le plus sûr et le plus facile. Patience ! Nous allons encore prendre un petit détour.

MADELEINE

Je ne m'en plains pas : j'aime les sentiers qui ne vont pas en ligne droite.

M. REYNAUD

Il nous reste à examiner une autre condition qui importe à la formation de la vapeur d'eau.

JEANNE

Laquelle?

M. REYNAUD

Croyez-vous que l'air, à une température donnée, puisse recevoir une quantité indéfinie de vapeur d'eau?

VALENTIN

Je ne le crois pas. Quoique l'air et la vapeur soient tous deux transparents et invisibles, il n'en faut pas moins que chacun ait sa place.

M. REYNAUD

Je veux justement arriver à vous faire comprendre que l'air, à une température donnée, ne peut recevoir qu'une quantité limitée de vapeur.

Voici une expérience qui vous en apprendra là-dessus autant que vous avez besoin d'en savoir pour le moment. Prenons un long tube barométrique, remplissons-le de mercure en ménageant un petit espace pour une gouttelette d'eau ; bouchons le tube avec le pouce, retournons-le très lentement : la goutte d'eau passera à la partie supérieure ; plongeons le tube ainsi retourné dans une cuvette de mercure très profonde et retirons notre pouce.

JEANNE

Absolument comme pour le tube de Torricelli.

M. REYNAUD

Que deviendra la goutte d'eau logée dans l'espace vide ?

LOUIS

Nous nous rappelons bien que l'évaporation dans le vide est instantanée. Cette gouttelette d'eau sera donc réduite en vapeur et deviendra par conséquent invisible.

M. REYNAUD

Mais sa présence nous sera révélée par une légère dépression de la colonne de mercure. Si nous supposons que la température de la chambre où se fait l'expérience est à 20°, cette dépression, due à la force élastique de la vapeur, sera d'une quinzaine de millimètres environ.

Si nous augmentons la quantité d'eau introduite dans le
tube, la colonne de mercure restera fixe; mais l'excès d'eau
demeurera à l'état liquide, parce que l'espace vide ne peut
recevoir une plus grande quantité de vapeur. On dit alors que
cet espace est *saturé.*

MADELEINE

Pourquoi est-il utile de parler de la température de la
chambre où nous expérimentons?

MADAME REYNAUD

Parce que le *point de saturation* dépend de la température.

M. REYNAUD

Si nous chauffions l'extrémité supérieure du tube, une
nouvelle quantité de vapeur se formerait, la pression serait
plus considérable, le baromètre baisserait sensiblement; et si
nous arrivions à faire bouillir cette eau, la force expansive de
la vapeur augmentant toujours, le mercure du tube descen-
drait jusqu'au niveau du mercure de la cuvette.

VALENTIN

C'est évident, puisque, comme nous l'avons vu, la force
élastique de la vapeur, à 100°, peut faire équilibre à la pression atmosphérique qui pèse sur le mercure de la cuvette,
ainsi que le faisait la colonne de mercure avant l'introduction
de l'eau dans le tube barométrique.

M. REYNAUD

Si, au lieu de chauffer le tube, nous le laissons à la température de 20°, qui est celle du milieu dans lequel nous sommes,
et que nous enfoncions le tube dans la cuvette profonde, nous
aurons rétréci l'espace vide qu'on appelle la *chambre barométrique.* Qu'arrivera-t-il? Le mercure restera à la même hauteur, et l'espace, amoindri graduellement, sera saturé par une
moins grande quantité de vapeur, puisqu'une portion d'eau

de plus en plus grande sera revenue à l'état liquide. Et quand nous aurons réduit la *chambre barométrique* au volume de l'eau introduite, nous aurons ramené cette eau tout entière à l'état liquide.

Dis-moi, Louis, ce qu'il faut conclure de là.

LOUIS

Je m'exprimerai sans doute très mal, mais je n'en aurai pas moins bien compris.

Il faut conclure de ces deux expériences que la quantité de vapeur que peut recevoir un espace limité augmente ou diminue avec la température, et que la force élastique de la vapeur augmente à mesure que l'espace est plus restreint et que la chaleur est plus grande.

VALENTIN

Cette expérience est faite dans le vide ; mais dans l'atmosphère que se passe-t-il?

MADAME REYNAUD

Absolument la même chose.

MADELEINE

Ah! bien, il doit être saturé, notre air, avec la quantité de vapeur qui s'élève constamment de la surface des mers, des lacs, des rivières, depuis le commencement du monde !

MADAME REYNAUD

Non. L'air atmosphérique n'est jamais complètement saturé, même quand il pleut comme aujourd'hui. La vapeur, ayant une force expansive très grande, s'élève de plus en plus dans l'atmosphère, jusqu'à ce qu'elle arrive dans des régions très froides, où elle se condense et retombe en pluie.

JEANNE

Cet échange constant entre le ciel et la terre établit heureusement la compensation. Sans cela, si les vapeùrs s'élevaient indéfiniment, nous finirions par être à sec.

LOUIS

J'entends dire tantôt *évaporation*, tantôt *vaporisation* : ces mots ont-ils la même signification?

MADAME REYNAUD

Ces mots expriment tous deux la réduction de l'eau en vapeur, mais dans des conditions différentes. *Évaporation* se dit de la transfomation spontanée de l'état liquide à l'état gazeux; *vaporisation* se dit de cette transformation à l'aide du feu...

MADELEINE

Ou de la chaleur?

MADAME REYNAUD

J'ai eu bien soin de ne pas employer le mot chaleur; car, dans aucun cas, l'eau ne peut passer à l'état gazeux et le garder qu'à l'aide d'un supplément de chaleur que nous avons mesuré tout à l'heure. Sans chaleur, point de vapeur!

M. REYNAUD

Pour passer à l'état gazeux, l'eau doit se procurer le supplément de chaleur indispensable à sa volatilisation; elle l'emprunte aux corps environnants ou à elle-même, jusqu'à ce qu'elle devienne de la glace!

LOUIS

De même que les malades réduits à l'impossibilité de manger empruntent à eux-mêmes le supplément de nourriture indispensable à leur nutrition, ce qui les fait maigrir.

M. REYNAUD

Qui de vous ne se rappelle le petit moment d'appréhension

que nous éprouvons au moment de sortir du bain? Pourquoi nous refroidissons-nous si vite en sortant de la baignoire? C'est que, pour se volatiliser, l'eau qui nous mouille emprunte à notre corps la chaleur indispensable à son évaporation.

LOUIS

Elle n'est pas gênée de se réchauffer ainsi à nos dépens!

MADAME REYNAUD

Ainsi tout le monde sait qu'après le bain il faut se frictionner vigoureusement, se promener, pour se réchauffer, pour faire la réaction, comme l'on dit, attendu que le frottement est une source de chaleur.

M. REYNAUD

C'est encore pour cette raison que l'on vous recommande de ne jamais rester immobiles exposés à un air vif ou dans un courant d'air, lorsque après une course, une marche rapide, un exercice violent, vous êtes en transpiration.

MADELEINE

C'est pourtant si bon, quand on a bien chaud!

MADAME REYNAUD

La chaleur qui résulte de l'évaporation de la transpiration procure d'abord une sensation agréable; mais si votre imprudence ou votre ignorance vous laissaient vous abandonner à ce court moment de bien-être, vous ne tarderiez pas à vous en repentir. Le froid glacial qui s'ensuivrait pourrait avoir les conséquences les plus graves.

JEANNE

Cela se conçoit; mais il n'y a aucun danger à rester dans un courant d'air lorsqu'on n'est pas en transpiration?

M. REYNAUD

C'est toujours une mauvaise chose, parce qu'il se produit incessamment une certaine transpiration à la surface de notre corps. Il est prudent de ne pas s'exposer longtemps à un air qui, renouvelé à mesure qu'il est saturé, accélère l'évaporation et par suite le refroidissement. Bien heureux quand on en est quitte pour un rhume de cerveau !

MADELEINE

Décidément l'évaporation agit en traître.

MADAME REYNAUD

Il faut savoir prendre les choses comme les gens, par leur bon côté. En Espagne et dans le midi, l'évaporation est utilisée pour rafraîchir les boissons mises dans des vases poreux appelés *alcarazzas*. Les gouttelettes qui suintent à travers les pores empruntent pour s'évaporer la chaleur nécessaire à la masse du liquide, qui reste très frais.

A défaut d'alcarazzas, nos moissonneurs enveloppent dans le même but leur *crapaud*, sorte de bouteille de grès plate et ronde, dans de la paille mouillée. Allez leur demander pourquoi : ils vous répondront que c'est pour boire frais ; mais ils n'en sauront pas davantage. Ils connaissent l'application, et non la raison du phénomène.

JEANNE

Bon nombre de gens profitent comme eux des bienfaits de la science sans lui en montrer de reconnaissance.

MADAME REYNAUD

Vous pouvez vous-même obtenir facilement de l'eau fraîche, l'été, en exposant dans un courant d'air une carafe entourée d'un linge mouillé.

En séchant, ce linge empruntera la chaleur nécessaire à l'eau contenue dans la carafe, et quand vous la reporterez sur la table, elle sera à une température plus basse que tout ce qui vous entoure.

M. REYNAUD

Ai-je besoin de vous dire pourquoi on arrose vos classes dans les grandes chaleurs?

LOUIS

Oh non! Nous le comprenons maintenant. L'eau, répandue sur une surface fort étendue, s'évapore vite et enlève à l'air une partie de sa chaleur.

VALENTIN

Je comprends aussi comment on peut connaître d'où vient le vent, quand on est en pleine campagne, rien qu'en se mouillant le doigt et en l'élevant au-dessus de sa tête.

MADELEINE

On sent soudainement le doigt se refroidir dans la direction du vent. J'ai fait cela bien des fois sans songer à l'évaporation.

M. REYNAUD

Les effets de refroidissement dus à l'évaporation sont d'autant plus sensibles que le liquide est plus volatil.

Versez une goutte d'éther dans le creux de votre main, elle disparaîtra rapidement en vous laissant l'impression d'un froid sensible.

Je vais vous indiquer une petite expérience que vous pourrez accomplir immédiatement et qui vous montrera l'intensité du refroidissement causé par l'évaporation.

Vous remplirez d'eau un petit tube de verre ou de métal, le manche d'un porte-plume, si vous voulez, vous boucherez soigneusement et entourerez d'ouate imbibée d'éther. Quelques instants après, vous enlèverez l'ouate, et au lieu d'eau vous trouverez dans votre tube de verre ou de métal un petit cylindre de glace. Pour se réduire en vapeur, l'éther aura emprunté à l'eau toute la chaleur qui la maintenait à l'état liquide.

MADELEINE

Tu as un flacon d'éther dans ta chambre, ma tante; nous ferons de la glace aujourd'hui même.

CHAPITRE XVII

LA PLUIE — LA NEIGE — LE GRÉSIL — LA GRÊLE

Dans l'après-midi, les enfants rapportaient triomphalement une petite baguette de glace obtenue par le procédé que leur avait indiqué M. Reynaud; mais, malgré l'empressement qu'ils y avaient mis, ils n'arrivèrent pas à temps.

MADELEINE

Quel malheur! nous t'apportions, mon oncle, un joli petit sucre d'orge fabriqué d'après tes indications et il a fondu en route.

JEANNE

Nous savons faire de la glace à présent, mais nous ne savons pas encore faire de la pluie.

LOUIS

Tu voudrais avoir la recette pour l'envoyer aux altesses nègres des rives du Calédon?

MADAME REYNAUD

Tout ce que nous avons dit jusqu'ici, mes chers enfants, était nécessaire pour comprendre ce phénomène assez complexe et très vulgaire qui s'appelle la *pluie*.

JEANNE

Je ne me plains du retard que pour plaisanter. Je suis bien trop contente de savoir tout ce que j'ai appris.

MADAME REYNAUD

Vous savez maintenant que l'air sec et chaud favorise l'évaporation, et qu'au contraire l'air humide et froid s'y oppose
et amène la condensation des vapeurs.

M. REYNAUD

A la rigueur nous n'avons pas besoin d'instruments de physique pour constater que l'air est sec ou humide. Quand l'air
est sec et chaud, il est loin d'être saturé ; il s'empare avi-
dement de la vapeur que notre corps peut produire et, des-
séchant nos organes, nous plonge dans un malaise insuppor-
table.

Au contraire, quand l'air est humide, c'est-à-dire sur le
point d'être saturé de vapeur, notre transpiration est arrêtée
et l'impression éprouvée est aussi pénible. Ces influences op-
posées se font sentir sur tous les êtres vivants, animaux et
plantes, et sur tous les corps capables d'émettre de la vapeur.

VALENTIN

Voyons donc comment se forment les pluies.

M. REYNAUD

Puisque l'eau tend incessamment à se réduire en vapeur et
que, même à des températures basses, elle s'infiltre dans l'atmosphère, il est évident que partout où il y aura de l'eau
et où l'air ne sera pas saturé, il y aura production de vapeur.

LOUIS

Ce sont surtout les grands cours d'eau, les étangs, les lacs,
les mers, qui en fourniront.

M. REYNAUD

Tant que, dans telles ou telles régions de l'atmosphère, l'air
ne sera pas saturé, la vapeur restera invisible. Mais dès que
cette portion de l'air sera refroidie par une cause quelconque,

la vapeur se condensera, elle passera par l'état vésiculaire dont nous avons parlé et elle constituera des nuages.

MADAME REYNAUD

Ainsi la vapeur, formée abondamment au-dessus des océans, dans les régions équatoriales, s'élevant de plus en plus, parvient à des hauteurs où l'atmosphère est de plus en plus froide; elle s'y condense incessamment en nuages épais et noirs que les marins anglais appellent *cloud-ring* et les marins français *pot-au-noir*.

LOUIS

Tu ne demandes pas l'étymologie, Jeanne?

JEANNE, avec bonne humeur.

J'en sais assez là-dessus pour voir que les marins français sont plus joyeux et plus plaisants que les marins anglais.

MADAME REYNAUD

Dans nos climats l'air n'est jamais ni complètement saturé ni complètement dépourvu de vapeur d'eau.

M. REYNAUD

Supposons une certaine portion de notre atmosphère qui, à une température donnée, est sur le point d'être saturée. Qu'un refroidissement se produise, l'air atteindra son point de saturation : la vapeur passera d'abord à l'état vésiculaire, et il y aura des nuages, puis à l'état liquide, et il pleuvra.

MADAME REYNAUD

Si la condensation commence à une certaine hauteur, elle formera des nuages; si elle prend naissance à la surface du sol, elle formera des brouillards.

MADELEINE

Les nuages et les brouillards sont donc de même nature?

LOUIS

Sans doute; les brouillards sont des nuages à fleur de terre et les nuages des brouillards qui se promènent dans l'atmosphère.

VALENTIN

Non seulement les brouillards et les nuages sont de même nature, mais ils sont produits par les mêmes causes.

MADAME REYNAUD

Le refroidissement de l'air, quelle qu'en soit la cause, amène toujours la vapeur invisible à l'état vésiculaire et par conséquent à l'état visible, en brume, brouillards ou nuages.

JEANNE

Le refroidissement a-t-il donc plusieurs causes?

M. REYNAUD

Certainement. Les courants venus du nord occasionnent le plus souvent des refroidissements, mais il faut tenir compte d'autres circonstances. Quand une couche d'air est dilatée par une autre cause que la chaleur, elle se refroidit. Projetez votre haleine, c'est-à-dire l'air qui sort de vos poumons, sur votre main, en ouvrant la bouche toute grande, vous éprouverez une sensation de chaleur ; projetez au contraire votre haleine en serrant les lèvres, comme si vous vouliez siffler, vous ressentirez sur votre main une sensation de froid, causée par l'air, qui s'est considérablement dilaté en sortant de l'étroite ouverture par laquelle vous l'avez obligé de passer.

Si donc il arrive qu'une masse d'air en mouvement rencontre un obstacle tel qu'une montagne, une forêt, un grand édifice, elle sera comprimée ; puis, trouvant une issue, elle se refroidira en se dilatant, et par conséquent son état hygrométrique sera modifié. Il pourra en résulter une condensation dont vous connaissez les suites.

VALENTIN

Puisque la dilatation est une cause de refroidissement, par
contre la compression doit être une cause d'échauffement.

MADAME REYNAUD

Cela est vrai. Pourtant la compression de l'air peut aussi
amener la condensation de la vapeur et produire également
des brouillards et des nuages.

LOUIS

Au premier abord, cela ne paraît pas fort logique.

M. REYNAUD

Il ne faut pas être simpliste et ne voir qu'un côté des choses.
L'air comprimé occupant un plus petit espace, la même quantité de vapeur pourra le saturer à une température plus
élevée.

LOUIS

Je fais amende honorable : comme toujours, j'ai parlé trop
vite.

VALENTIN

La saturation dépend aussi du volume ; c'est juste.

JEANNE

Pour être instruit, il faut penser à trop de choses à la fois;
j'en oublierai toujours au moins une.

LOUIS

Il y a beaucoup de choses que je ne m'explique pas.

VALENTIN

Et qui m'étonnent.

MADELEINE

Et que je ne comprends guère.

JEANNE

Et que je ne comprends pas du tout.

LOUIS

Par exemple : les nuages sont des amas de vapeur à l'état vésiculaire, et cette vapeur est plus lourde que l'air. Comment se fait-il donc que nous voyions des nuages rester longtemps en l'air et s'y maintenir même immobiles?

MADAME REYNAUD

Tu les crois immobiles ? ils ne le sont pas.

M. REYNAUD

La vapeur à l'état vésiculaire est en effet plus dense que l'air, et les vésicules ou gouttelettes qui la forment tendent à tomber, mais avec une lenteur qu'on évalue à un mètre par seconde.

LOUIS

Donc il faut qu'elles tombent. Pourquoi ne tombent-elles pas toujours?

M. REYNAUD

Elles ne tombent pas, parce que les courants ascendants de l'air, chauffé dans les régions inférieures au contact du sol, s'opposent à leur chute. A partir du lever du Soleil, les nuages s'élèvent par l'influence des courants ascendants, pour redescendre vers la fin du jour.

MADAME REYNAUD

Il est bien entendu que, lorsque, à la suite d'une plus grande condensation, ces gouttelettes augmentent de volume et de densité, elles ne peuvent plus être soutenues par l'ascension des courants aériens, et elles tombent.

MADELEINE

Autrement dit, il pleut.

M. REYNAUD

Vous avez pu être à même de remarquer de près le phénomène vulgaire que nous venons de vous expliquer. N'avez-
vous jamais senti, dans l'air brumeux qui vous environnait,
ces gouttelettes fines qui se formaient très lentement autour
de vous. C'est ce qu'on appelle le *serein*.

VALENTIN

Je conçois très bien que l'agitation de l'air contribue à arrêter ou à modifier la chute et la marche de la vapeur vésiculaire qui constitue les nuages.

M. REYNAUD

C'est encore grâce à l'agitation atmosphérique, qu'à une
assez grande hauteur des nuages peuvent être formés de
petites aiguilles de glace.

LOUIS

Est-ce que ces aiguilles de glace tombent sur la terre?

MADAME REYNAUD

Ces aiguilles de glace des hautes régions fondent quand
elles arrivent dans des couches plus chaudes, et dans les temps
froids elles produisent la *neige*. Ces cristaux, excessivement
ténus, déliés et délicats, se groupent par un temps calme de
façon à former les fleurettes les plus gracieuses et les plus
variées, se rapportant toutes à un même type, qui est l'étoile
à six pointes.

MADELEINE

Qu'arrive-t-il quand l'air n'est pas calme et que ces gentils
petits cristaux n'ont pas le temps de se ranger commodément,
régulièrement et symétriquement dans l'ordre voulu?

M. REYNAUD

Lorsque l'air est agité, l'agencement des étoiles ne peut

avoir lieu : les petits cristaux se brisent, se fragmentent. Ils se groupent d'une façon désordonnée et ils s'assemblent en amas informes qu'on appelle le *grésil*.

JEANNE

Je croyais que tu allais dire : qu'on appelle la *grêle*.

VALENTIN

Y a-t-il quelque rapport entre la neige et la grêle ?

M. REYNAUD

Le seul rapport à signaler, c'est qu'on trouve assez souvent au centre des grêlons un noyau qui semble de nature neigeuse. L'enveloppe, formée généralement de couches concentriques, est diaphane et a l'apparence de la glace.

VALENTIN

Il serait curieux de savoir comment les grêlons ont le temps de se former et de devenir si gros et si lourds, avant de tomber avec la vigueur et la rapidité que nous avons remarquées tant de fois.

LOUIS

Oui ; sait-on comment se forment ces projectiles de glace qui nous bombardent du haut des nuages ?

M. REYNAUD

Les savants sont loin d'être d'accord sur les causes de la formation de la grêle. La théorie qui attribuait un rôle exclusif à l'électricité n'est plus admise ; ce qui ne veut pas dire que l'électricité y soit tout à fait étrangère.

MADELEINE

La chute de la grêle coïncide en effet avec les orages.

MADAME REYNAUD

Il est à remarquer que la grêle précède et accompagne les orages, et qu'elle ne les suit presque jamais.

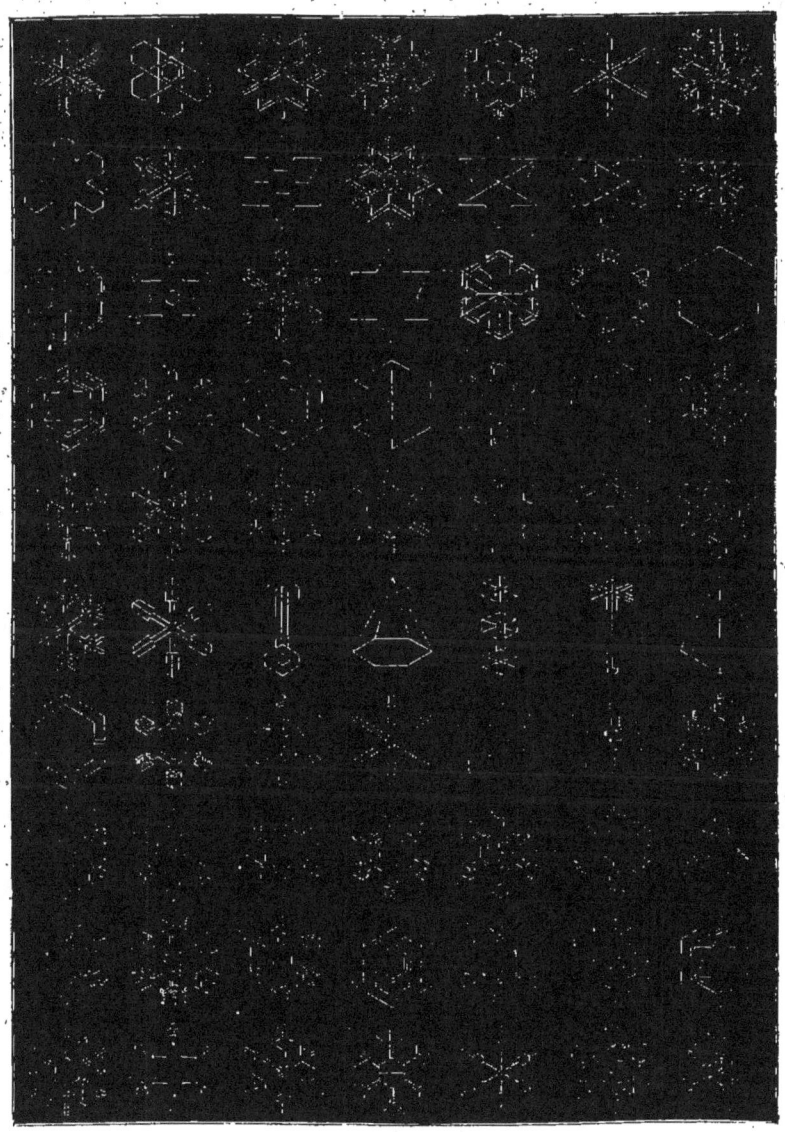

CRISTAUX DE NEIGE.

JEANNE

N'est-ce pas incompréhensible que ce soit juste l'été que la vapeur d'eau se congèle dans l'air en formant de plus gros glaçons qu'en hiver ?

M. REYNAUD

Voici l'explication que l'on donne aujourd'hui de ce phénomène en apparence anormal.

Depuis longtemps on a constaté que, dans certaines conditions, l'eau pouvait descendre jusqu'à 6° et même jusqu'à 14° au-dessous de zéro en restant liquide, et qu'elle se congelait instantanément quand on y introduit la moindre parcelle glacée. C'est ce qu'on appelle de l'eau à l'état de *surfusion*.

Or les grêlons, formés dans des régions atmosphériques très froides, sont entraînés par des courants opposés qui se heurtent, par des tourbillons qui leur impriment parfois des mouvements ascensionnels. Quoi d'étonnant que le noyau des grêlons, traversant des milieux où l'eau se trouve à l'état de surfusion, c'est-à-dire maintenue à l'état liquide au-dessous de 0°, se couvre de couches glacées et atteigne de grandes dimensions ?

MADAME REYNAUD

N'oubliez pas que, sans donner à l'action électrique la même importance qu'autrefois, on lui attribue néanmoins une influence qu'on ne peut encore déterminer.

JEANNE

J'ai bien du mal à comprendre que des grêlons de 90 à 100 grammes, sans parler de ces grêlons monstrueux qui pesaient de 300 à 400 grammes, puissent se former si vite et en si grande abondance.

VALENTIN

En grande abondance ? Je crois bien ! Mon père m'a ra-

conté que dans le nord de la France il est tombé, il y a douze
à treize ans, au mois de juillet, une telle quantité de grêlons,

FORMES DES GRÊLONS.

qu'ils formaient de véritables avalanches descendant des col-
lines, qu'ils comblaient des vallées et même le canal de Crozat,
qu'on pouvait traverser sur un pont de grêle.

MADELEINE

C'est fort heureux que ce phénomène soit plus rare que la pluie s'il prend souvent l'importance de véritables catastrophes.

MADAME REYNAUD

C'est aussi fort heureux que la grêle se localise et n'occupe jamais une grande étendue de pays, car c'est le fléau de l'agriculture. En quelques minutes les récoltes sont hachées, enfoncées dans le sol, réduites en fumier.

CHAPITRE XVIII

LA ROSÉE — LE GIVRE — LE VERGLAS

Un soleil un peu pâle, un soleil de la fin de septembre, faisait scintiller les pelouses et les arbustes couverts de rosée. Les enfants, retenus depuis deux jours à la maison par le mauvais temps, s'étaient échappés à travers le jardin comme des oiseaux qui trouvent toute grande ouverte la porte de leur cage. Leur promenade avait été accidentée par une station à la gymnastique, dressée dans une clairière du petit bois, par des jeux et des courses à travers les gazons, si bien qu'ils revenaient de leur excursion matinale, rappelés par la cloche du déjeuner, les pieds mouillés et les vêtements humides.

Ils entrèrent en cet équipage dans la salle à manger, où M. et madame Reynaud étaient déjà assis à table.

M. REYNAUD

Allons, allons, mes enfants; vous êtes en retard. Rappelez-vous que si l'exactitude est la politesse des rois, c'est aussi celle des neveux et nièces.

JEANNE, essoufflée.

Nous nous sommes pourtant bien dépêchés, va, mon oncle.

MADAME REYNAUD

Rien ne sert de courir, il faut partir à point.

Comme vous voilà faits ! Pourvu que vous ne vous enrhumiez pas, juste à la fin des vacances.

LOUIS

Oh ! nous sommes solidement bottés.

VALENTIN

Comment pouvions-nous supposer que l'herbe serait mouillée après une si belle nuit, pendant laquelle la Lune et les étoiles brillaient à qui mieux mieux ?

MADELEINE

Les allées étaient pourtant sèches; comment se fait-il qu'il n'y avait d'humidité que dans l'herbe et de gouttes d'eau que sur les feuilles des plantes?

MADAME REYNAUD

C'est là un phénomène vulgaire qui n'a échappé à personne.

JEANNE

C'est très vrai : nous savons tous qu'au lever du Soleil se déposent sur les plantes des gouttelettes d'eau qu'on appelle de la *rosée.*

LOUIS

Comme nous n'avons pas encore vu de rosée depuis le commencement des vacances, nous ne nous en sommes pas méfiés; c'est pourquoi nous sommes si mouillés.

MADELEINE

C'était si beau, ce matin, de voir briller les plantes dans leur belle parure verte ou déjà changeante, étincelantes de perles et de diamants que le Soleil colorait et faisait scintiller !

LOUIS

En attendant qu'il les boive.

MADELEINE

Que veux-tu ! C'est comme les roses qu'elles embellissent : elles ne vivent que l'espace d'un matin.

VALENTIN

Je n'ai pas regardé la rosée avec le même œil que Madeleine : j'y ai vu un bel effet de réfraction.

JEANNE

Et moi un effet de mon ignorance. Je me demande d'où

GOUTTES DE ROSÉE.

viennent ces jolies gouttes cristallisées, et comment elles ont pu se déposer sur les plantes.

MADAME REYNAUD

Il me semble que vous pouvez en deviner la cause.

VALENTIN

La vapeur d'eau qui est dans l'air, et qui se trouve en contact avec le sol refroidi, se condense comme la vapeur de l'air de la salle à manger s'est condensée sur la paroi de cette bouteille qu'on vient de remonter de la cave.

M. REYNAUD

Nous pouvons, tout en festinant, examiner dans quelles conditions ce phénomène se produit. Cela ne nous fera pas perdre un coup de dent.

LOUIS

Ce qui serait cruel, car nous rapportons des appétits effroyables.

M. REYNAUD

Le rayonnement nocturne vers les espaces célestes, dont la température est excessivement basse, enlève à la terre une somme considérable de sa chaleur. On peut s'en convaincre en plaçant un thermomètre dans l'air ou en en suspendant un autre à une faible hauteur. Le premier marquera 6°, 7° et parfois 8° de moins que le second.

JEANNE

Au même moment ?

LOUIS

Au même moment. Il est donc concevable que la rosée est d'autant plus abondante que la surface du sol et les plantes sont d'autant plus froides. Mais pourquoi, dans la même saison, le sol est-il plus froid certains jours ?

M. REYNAUD

Le refroidissement de la surface de la terre est d'autant plus grand que le rayonnement nocturne est plus favorisé par la pureté et la limpidité de l'air.

MADELEINE

Alors, la rosée était si abondante ce matin, précisément parce que la nuit a été claire ?

VALENTIN

Oui. J'aurais dû réfléchir que l'humidité de l'air, les brouillards et les nuages arrêtent le rayonnement.

LOUIS

Ou plutôt le restituent, le renvoient, et rendent la chaleur qu'ils ont reçue.

JEANNE

C'est donc quand l'air paraît contenir le moins de vapeur, que la condensation est plus grande et la rosée plus abondante?

MADAME REYNAUD

Après une nuit pendant laquelle le ciel est resté couvert, il y a peu ou point de rosée, parce que, comme le disait Louis, il y a échange de chaleur entre le sol et les nuages, ce qui empêche la condensation de se produire.

MADELEINE

Mais pourquoi n'y a-il de rosée qu'à la campagne? A Paris je n'en ai jamais vu.

MADAME REYNAUD

Tu veux dire que tu n'en as jamais remarqué. Dans les villes, où les maisons sont serrées les unes contre les autres, où les rues sont abritées contre le rayonnement nocturne, il y a échange de chaleur entre les murs, la chaussée, les trottoirs, les maisons, constitués de matériaux analogues, et le refroidissement n'est jamais considérable pendant la nuit.

VALENTIN

Il est encore évident que la rosée se déposera en plus grande quantité sur les corps qui se refroidissent le plus vite.

M. REYNAUD

Vous savez que ces corps-là sont aussi ceux qui s'échauffent le plus vite. On dit qu'ils sont *bons conducteurs de la chaleur*.

MADAME REYNAUD

Vous avez constaté vous-mêmes que le terrain sablonneux des allées était resté presque sec, tandis que les feuilles des plantes étaient très mouillées.

M. REYNAUD

J'ajoute que ces feuilles étaient plus ou moins couvertes de rosée, suivant leur pouvoir rayonnant, et ce pouvoir dépend de leurs couleurs, de l'état plus ou moins lisse de leur surface. Voilà, en abrégé, l'explication qu'on donne généralement de la formation de la rosée.

LOUIS

Est-ce qu'elle n'est pas complète ainsi?

M. REYNAUD

Certainement non. Il y aurait encore bien des points à éclaircir, bien des développements à donner. Je me contenterai d'ajouter que l'on n'a pas assez tenu compte de la transpiration des plantes dans la théorie admise par le plus grand nombre des météorologistes. Je pense que si les botanistes avaient eu voix au chapitre ils auraient apporté des renseignements utiles.

La transpiration des plantes est l'acte par lequel le végétal laisse échapper l'excès d'eau qu'il avait absorbé. C'est le plus souvent à l'état gazeux que s'exhale cette eau, et si la transpiration est peu abondante, si l'air est sec, cette vapeur est absorbée par l'air à mesure qu'elle se forme, et ne se révèle point à nos yeux. Mais quand cette fonction s'effectue avec plus d'énergie et que l'atmosphère est froide et humide, on voit le produit de la transpiration se former en gouttelettes très petites qui, réunies, finissent par devenir des gouttes comme celles de la rosée.

JEANNE

Le mot *transpiration* n'est-il pas exagéré?

M. REYNAUD

J'aurais même pu dire transpiration abondante. Le chou, le soleil, l'arum, le népenthès, certaines graminées, et bien d'autres plantes qu'il serait trop long d'énumérer, transpirent plus que des hommes.

MADELEINE

Quoi! ces jolis diamants qui étincellent avec tant d'éclat sur les feuilles du chou ou bien du soleil sont des gouttes de sueur?

MADAME REYNAUD, riant.

De prosaïques gouttes de sueur. Du reste, le chou n'a aucune prétention à la distinction.

JEANNE

Qu'est-ce qui nous prouve que ces gouttes d'eau ne sont pas tout simplement de la rosée? Quelle preuve a-t-on de cette prétendue transpiration des plantes?

M. REYNAUD

Des preuves certaines, car les savants ne se contentent pas de suppositions ingénieuses : il leur faut aussi des preuves, comme à toi. Un savant hollandais du XVIIIe siècle, Musschenbroeck, fit le premier des expériences concluantes sur la transpiration végétale.

Il constata que cette transpiration se produisait aussi bien dans les plantes qu'on a séparées complètement de l'air environnant, en les plaçant sous une cloche de verre et en cou-

vrant d'une plaque de plomb la terre des vases qui les con-
tiennent, que dans les plantes restées à l'air libre.

VALENTIN

Alors il n'est pas douteux que cette transpiration s'ajoute
en proportion plus ou moins grande à la rosée déposée par

DÉCOUVERTE DE LA TRANSPIRATION DES PLANTES.

la condensation de la vapeur atmosphérique pendant les nuits
froides.

LOUIS

N'y aurait-il pas une certaine relation entre la rosée et la
gelée blanche?

M. REYNAUD

Certainement. Nous pourrions renouveler en la modifiant
l'expérience de la bouteille remontée de la cave et se cou-
vrant, dans un appartement chaud, de vapeur condensée.

Mettons dans cette carafe un réfrigérant, par exemple du

sel et de la glace pilée à poids égal, et laissons la carafe dans cette salle à manger, dont l'air contient une assez grande quantité de vapeur d'eau provenant de notre respiration ou des mets plus ou moins fumants qu'on nous a servis. Vous verrez les parois de la carafe d'abord ternes, puis enveloppées d'un vrai brouillard, et enfin se couvrir de glace. Nous aurons reproduit là tout simplement le phénomène de la *gelée blanche*.

JEANNE

C'est bien compris.

MADELEINE

Quand la température du sol et des objets qui sont à la surface de la terre, descend au-dessous de zéro, la rosée se congèle, et nous avons la *gelée blanche*. Est-ce bien cela?

MADAME REYNAUD

Ou le *givre*, comme on dit encore.

MADELEINE

Qui produit de si jolies cristallisations arborescentes?

MADAME REYNAUD

Les jardiniers n'ont pas pour la gelée blanche la même admiration que toi, car elle est très funeste aux pousses nouvelles des plantes dans les matinées de printemps.

M. REYNAUD

Puisque la gelée blanche te cause tant d'admiration, Madeleine, et que tu as réussi à faire de la glace en suivant mes indications, veux-tu maintenant que je t'apprenne à fabriquer du givre au coin du feu?

LOUIS

Au coin du feu?

M. REYNAUD

Au coin du feu.

JEANNE

Le feu est-il indispensable?

M. REYNAUD, souriant.

Non; je ne le cite que pour donner plus de piquant à la chose.

VALENTIN

Voilà une expérience que je suis curieux de connaître.

M. REYNAUD

Elle est des plus faciles, et vous pourrez la reproduire au grand ébahissement de vos jeunes amis.

Voici de quoi il s'agit :

Vous commencez par faire une longue allumette avec du papier buvard roulé entre vos doigts, et vous la plongez debout dans un verre contenant du sulfure de carbone, liquide extrêmement volatil. En vertu de la capillarité, le sulfure de carbone s'élève dans le papier de 7 à 8 centimètres au-dessus du liquide, et aussitôt le sommet de l'allumette se couvre de gelée blanche. A mesure que l'aspiration se continue, d'autres couches de givre se forment autour de la première, perpendiculairement à l'allumette, et en moins d'une demi-heure vous obtenez des arborescences de plus d'un centimètre de longueur, offrant l'aspect de buissons minuscules recouverts de givre.

Si vous désirez prolonger l'expérience, il vous suffira de remplacer le sulfure de carbone à mesure qu'il se volatilise.

MADELEINE

Ah! c'est bien joli!

VALENTIN

Alors c'est l'évaporation rapide du sulfure de carbone s'élevant par capillarité dans le papier qui produit assez de froid pour congeler la vapeur d'eau contenue dans l'air.

JEANNE

Je n'ai pas vu de feu là dedans.

LOUIS

Au contraire. Tu n'y as vu que du feu!

M. REYNAUD

On peut placer devant le feu de la cheminée ou bien au soleil le verre contenant le sulfure de carbone, et l'expérience réussira tout aussi bien.

Bien plus, même! On peut mettre le vase contenant le sulfure de carbone dans de l'eau à 60° et chauffer au bain-marie, il se produira un phénomène plus curieux encore. Tandis que le liquide bouillira dans le vase, les arborisations de givre se déposeront tranquillement au sommet de l'allumette de papier.

L'effet frigorifique produit par l'évaporation et la capillarité correspond à un abaissement de température de 35 degrés.

VALENTIN

C'est bien intéressant, et je n'oublierai pas de fabriquer du givre.

M. REYNAUD

Sois prudent! Rappelle-toi que le sulfure de carbone est très inflammable, et n'approche pas trop ton vase du feu.

Toutes les fois que vous ferez des expériences de physique ou de chimie, exagérez plutôt les précautions, car les plus habiles n'évitent pas toujours les accidents.

LOUIS

Est-ce que le verglas ne serait pas aussi un phénomène analogue au givre?

M. REYNAUD

Oui et non. Quand, après une suite de journées froides, le
vent saute soudainement au sud-ouest, il amène une pluie re-
lativement chaude qui se refroidit et se congèle en touchant
les plantes et le sol, dont la température est au-dessous de 0°.
Peu à peu la pluie réchauffe les plantes, qui perdent bientôt
ce vernis de glace qui les enveloppait; mais le sol, plus froid,
se couvre d'une glace humide qui rend très difficile la marche
des hommes et des animaux. C'est le *verglas* ordinaire, qui ne
tarde pas non plus à fondre.

JEANNE

Y a-t-il donc des verglas extraordinaires?

MADAME REYNAUD

Il y a des verglas bien autrement terribles, dont on a péné-
tré les causes surtout à propos du fameux verglas des 22 et
23 janvier 1879, qui a fait tant de ravages au sud et à l'ouest
de Paris.

MADELEINE

Oh! nous en avons entendu parler. Nous nous rappelons
combien les arbres en ont souffert.

M. REYNAUD

Pour vous rendre compte de l'énorme épaisseur de la glace
qui s'est accumulée sur les arbres, jusqu'à les briser et les déraciner, il faut vous rappeler ce que je vous ai dit à propos
de la formation de la grêle. L'eau, vous disais-je, peut, dans
un air serein et purifié précédemment par d'abondantes
chutes de neige, descendre jusqu'à 4° et même 5° au-dessous
de zéro sans cesser d'être à l'état liquide. Eh bien, le 22 et le
23 janvier 1879, il a été rigoureusement constaté que la
température de la pluie ne dépassait pas 4° au-dessous du
zéro. Et comme dans cet *état de surfusion* l'eau se congèle

VERGLAS DU 22 AU 23 JANVIER 1879.

subitement au moindre choc, au moindre ébranlement, elle
se transformait instantanément en glace dès qu'elle frappait
les plantes et le sol. La température restant très basse, le
verglas persistait et s'accroissait.

JEANNE

Je vais vous apprendre une chose bien plus extraordinaire
que tout cela.

MADELEINE

Laquelle donc?

JEANNE

C'est que j'ai compris toutes les explications de mon oncle,
même ce qui concerne la surfusion, et que j'ai été témoin d'un
fait de ce genre!

Une nuit d'hiver, que j'avais placé sur le marbre de ma
table de nuit un verre d'eau pure, je voulus le matin boire de
l'eau, qui était parfaitement liquide. En prenant le verre un
peu brusquement, j'entendis un petit bruit et je crus l'avoir
cassé; mais pas du tout, l'eau venait de se geler instantanément! Je comprends maintenant que c'était un phénomène
de surfusion.

CHAPITRE XIX

LES NUAGES

Une après-midi que la famille se promenait au jardin, les enfants se plaisaient à voir courir dans l'azur du ciel des nuages qui changeaient d'aspect en se déplaçant, et ils ne réussissaient pas à se mettre d'accord sur la forme qu'ils leur attribuaient.

MADELEINE

Oh! voyez donc ces grands fantômes qui passent rapidement dans le ciel!

LOUIS

Çà des fantômes? Moi, je trouve que cela ressemble à de grandes balayures.

VALENTIN

Moi, j'aperçois des crocodiles sortant d'un fleuve.

JEANNE

Vous voyez ce que vous voulez; moi, je ne vois plus maintenant qu'un brouillard suspendu dans l'atmosphère...

VALENTIN

Ou une portion circonscrite d'air saturé de vapeur.

MADELEINE

Pourquoi donc ces légers nuages, qui s'avancent si majestueusement, s'amoindrissent-ils et finissent-ils par disparaître?

MADAME REYNAUD

C'est qu'ils pénètrent dans une région qui n'est pas saturée.

LOUIS

En voilà au contraire d'autres qui apparaissent tout doucement au milieu du bleu.

M. REYNAUD

Parce que cette portion d'air refroidie ne peut plus contenir la même quantité de vapeur sans arriver au point de saturation.

MADELEINE

Comme c'est intéressant et amusant de contempler cette variété de formes, ces aspects divers que prennent les nuages. Sont-ils capricieux!

MADAME REYNAUD

Tu as bien raison; et cependant, malgré cette variété infinie de formes, on les a classés, groupés d'après certains caractères communs.

MADELEINE

On a fait des catégories de nuages!

JEANE

Ce doit être bien compliqué.

MADAME REYNAUD

Mais non. Ainsi les légers nuages à demi transparents qui ont l'apparence de longs écheveaux, de mèches de cheveux, sont généralement connus sous le nom de *cirrus*. Notre jardinier les appelle nuages du sud-ouest et les marins les nomment *queues de chat*.

LOUIS

Oh! c'est tout à fait ça!

M. REYNAUD

Ils sont suspendus dans les plus hautes régions de l'atmosphère, et ce sont ces nuages que l'on suppose formés de fins cristaux de glace.

CIRRUS.

VALENTIN

Et ces nuages, rangés à l'horizon par bandes le matin du côté de l'est et surtout le soir du côté de l'ouest, qui sont de

STRATUS.

teinte grisâtre quand les rayons du Soleil couchant ne les dorent pas et ne les empourprent pas de leurs splendides couleurs?

M. REYNAUD

Ces bandes de nuages sont désignées sous le nom de *stratus*, c'est-à-dire couche, et ne donnent pas de pluie.

MADAME REYNAUD

Savez-vous comment s'appellent ces nuages arrondis et mamelonnés au sommet, aplanis à leur base et argentés sur leurs bords nettement dessinés? Les météorologistes les nomment *cumulus* et les marins *balles de coton*.

CUMULUS.

MADELEINE

Moi, je les appellerais montagnes d'argent.

NIMBUS.

VALENTIN

On dirait Pélion entassé sur Ossa...

JEANNE

Ou des œufs à la neige.

LOUIS

Quand ces gros nuages floconneux sont amoncelés les uns sur les autres à l'horizon, ils ont l'aspect d'une chaîne de montagnes couvertes de neige.

MADELEINE

Ce sont des Alpes célestes.

M. REYNAUD

Alpes qui ont souvent 3000 mètres d'élévation.

VALENTIN

Sont-ils aussi loin que les cirrus?

M. REYNAUD

Non ; cependant ils occupent d'assez hautes régions.

MADELEINE

Et ces grands nuages épais et sombres dont les bords paraissent frangés et déchiquetés, qui tantôt s'acheminent lentement et tantôt précipitent leur course dans les régions inférieures de l'atmosphère, comment se nomment-ils?

MADAME REYNAUD

Ce sont les *nimbus;* nuages de mauvais augure, car leur apparition annonce la pluie à coup sûr.

M. REYNAUD

Les nimbus se forment de la réunion des nuages de toute espèce qui se mêlent et se confondent.

JEANNE

J'ai souvent remarqué ces sortes de nuages; mais j'en ai vu bien d'autres auxquels les définitions données jusqu'ici ne conviendraient guère. Par exemple, ces petits nuages onduleux, moutonnés, qui marquent le ciel de taches pommelées?

MADAME REYNAUD

On les nomme *cirro-cumulus*, et ils annoncent généralement un changement de temps.

M. REYNAUD

Jeanne a raison : les différentes variétés de nuages ne se rencontrent pas toujours avec les caractères simples que nous venons de déterminer. Ces formes distinctes s'accouplent, se combinent, se superposent, et on a été obligé de les distinguer en accouplant et en combinant les noms donnés aux nuages types. C'est ainsi qu'on a obtenu les désignations de *cirro-cumulus*, *cirro-stratus*, *cumulo-stratus* et *stratus-cumulus*.

VALENTIN

Je ferais volontiers une nouvelle catégorie pour ce gros nuage menaçant qui monte vers nous. Ne pourrait-on pas l'appeler cumulo-nimbus?

MADELEINE

Voilà des gouttes de pluie !

MADAME REYNAUD

Rentrons vite, ou bien nous allons recevoir toute l'averse.

CHAPITRE XX

LA RENTRÉE

Quelques jours plus tard, le vestibule de la maison était encombré de malles, de valises, de paquets, de paniers. Toute la famille, en costume de voyage, attendait le grand char-à-bancs qui devait la conduire à la gare.

A chaque instant un des enfants s'échappait pour aller à la recherche d'un objet oublié, pour aller revoir une dernière fois sa jolie chambre, pour jeter un coup d'œil à ce beau jardin qu'on ne reverrait plus qu'aux vacances prochaines, pour aller redire adieu à quelque chose ou à quelqu'un.

Madeleine soupirait; Jeanne essuyait de temps en temps ses yeux du bout de son doigt ganté; les garçons faisaient bonne contenance, mais ils étaient graves, presque recueillis, et Louis avait mis un frein à sa verve.

MADELEINE

Oh! que c'est triste de s'en aller d'ici!

JEANNE

Moi, j'ai horreur des départs! Cela ressemble toujours un peu à des enterrements.

LOUIS

Voilà une idée gaie! Eh! bien, moi, je suis content d'avoir

si bien profité de mes vacances, et je vais travailler double pour faire marcher le temps plus vite. Je ne suis pas assez hypocrite pour essayer de vous faire accroire que l'idée de la rentrée me comble de joie, mais j'accepte l'inévitable. J'ai envie de devenir quelqu'un, et j'espère aux prochaines vacances rapporter des preuves de mon bon vouloir.

VALENTIN

Comme je ne puis pas être accusé d'ingratitude ni soupçonné de préférer le lycée à cette chère maison, je déclare franchement que je suis désireux de reprendre mes études. Les bonnes causeries journalières qui nous ont tant intéressés m'ont donné le désir de profiter pour le mieux des cours sérieux que je vais suivre cette année.

M. REYNAUD

Très bien, mes enfants. Votre franchise nous est un sûr garant de vos bonnes résolutions. Croyez bien qu'il n'y a personne de parfaitement heureux en ce monde, et que la plus grande part de bonheur est réservée à ceux qui savent mettre l'accomplissement du devoir avant la satisfaction du plaisir.

FIN

TABLE DES MÀTIÈRES

PREMIÈRE PARTIE

LES JOURS DE BEAU TEMPS

DEUXIÈME PARTIE

LES VENTS

TROISIÈME PARTIE

LA PLUIE

FIN DE LA TABLE DES MATIÈRES.

PARIS. — IMPRIMERIE ÉMILE MARTINET, RUE MIGNON, 2

PARIS. — IMPRIMERIE ÉMILE MARTINET, RUE MIGNON, 2